Wilhelm von Hörsten

Rote Kulissen

Ein Zeitzeugenbericht aus den Jahren 1931-39

Bibliografische Information der Deutschen Nationalbibliothek:
Die Deutsche Nationalbibliothek verzeichnet diese Publikation in der Deutschen Nationalbibliografie; detaillierte bibliografische Daten sind im Internet über http://dnb.dnb.de abrufbar.

© 2020 Ulrike von Hörsten-Wenzl

Herstellung und Verlag:
BoD – Books on Demand, Norderstedt

ISBN: 978-3-750451933

Vorwort

Mein Vater, Wilhelm von Hörsten, Jahrgang 1905 schrieb das Manuskript „Rote Kulissen" Anfang der 70-iger Jahre. In diesem autobiographischen Zeitbericht thematisiert er seinen politischen Widerstand gegen die Machtergreifung Adolf Hitlers.

Erst vor einiger Zeit hielt ich das Manuskript das erste Mal in den Händen. Ich hatte die „Roten Kulissen" im umfangreichen schriftlichen Nachlass meines Vaters übersehen. Voller Spannung begann ich zu lesen und fühlte mich sofort meinem Vater, der bereits 1978 verstorben ist, sehr nahe. Ich wusste, dass er als KPD-Mitglied im aktiven Widerstand gegen das Naziregime gekämpft hatte, verraten worden war und eine Haftstrafe verbüßt hatte. Aber, dass er seine Erlebnisse aus den Jahren 1933 - 1939 aufgeschrieben hatte, wusste ich nicht.

Erst als Rentnerin las ich, was es für ihn damals persönlich bedeutet hatte, vehement für seine politischen Ziele einzutreten. Ohne Rücksicht auf sich selbst hat er viel Mut und Tatkraft aufgebracht, um die Naziherrschaft mit zu verhindern. Zweifellos habe ich in meiner Kindheit meinen Vater als gradlinigen Mann erlebt, der immer seine Meinung offen gesagt hat, auch wenn es für ihn selbst von Nachteil war. In den „Roten Kulissen" nachzulesen, dass er seinen menschlichen und politischen Idealen auch in der Einsamkeit der Gefängniszelle treu geblieben war, hat mich von daher nicht überrascht.

Sehr berührt hat mich, wie er nach seiner Haftentlassung in totaler Armut leben musste, da er als Vorbestrafter keine Anstellung fand. Manfred Hausmann sei Dank, der ihm seinerzeit Mut gemacht hat, an seine Begabung zum Schreiben zu glauben. Mein Vater hat seinen Lebensunterhalt dann vorübergehend als freier

Schriftsteller mit dem Schreiben von Kurzgeschichten verdient, die in verschiedenen Tageszeitungen abgedruckt wurden. Von 1936 - 1938 wohnte er im Künstlerdorf Worpswede und hat gemeinsam mit Theodor Heinz Körner, Bastian Müller, Waldemar Augustini und anderen jungen Künstlern seine Texte diskutiert. Diese Geschichten gehören mit in die „Roten Kulissen" und ebenso die kritische Auseinandersetzung meines Vaters mit seiner schriftstellerischen Tätigkeit. Schreiben war zweifellos seine Leidenschaft. Aber den Zwang zum Schreiben, um Geld zu verdienen, hat er auch als Fluch erlebt, der den Menschen erniedrigt, wie er es formuliert. „Dann ist es schon besser, man klopft Steine. Moralisch bleibt man dann der, der man ist, " schreibt er in seinem Manuskript (vgl. S. 141).

Ich habe meinen Vater in all diesen Zeilen wiedererkannt. Gut 40 Jahre nach seinem Tod wurden für mich seine ihm eigene Sprache, seine markigen Worte und seine Ehrlichkeit sich selbst gegenüber neu lebendig. So kannte ich ihn, so prägte er meine Kindheit und darauf bin ich stolz.

Ich habe großen Respekt vor der gradlinigen Haltung meines Vaters, für das einzutreten, was ihm wichtig war, sich nicht zu verbiegen, unbestechlich zu sein und sich mutig einzumischen. Das hat er Zeit seines Lebens getan. Im Nachwort gehe ich auf sein politisches Wirken während meiner Kindheit im Rahmen der sogenannten Bremer Kaisenhausbewegung näher ein.

Die Frage, warum er nicht mit seiner Familie und insbesondere seinen beiden Töchtern über seine Erlebnisse, seine Erfolge und auch sein Scheitern gesprochen hat, beschäftigt mich. Ich hätte ihn gerne so Vieles gefragt. Wahrscheinlich war die Zeit nicht reif dafür.

Zum Abdruck des Manuskriptes „Rote Kulissen" habe ich mich entschieden, da es sich meiner Ansicht nach um einen wichtigen Zeitzeugenbericht eines politisch Verfolgten des Nationalsozialismus handelt. Zudem denke ich, mein Vater hätte mit den heutigen Publizierungsmöglichkeiten sein Werk sicherlich veröffentlicht.

Ulrike von Hörsten-Wenzl
Scheeßel, im April 2020

Wilhelm von Hörsten
15.07.1905 – 16.12.1978

Den Bericht beginne ich mit dem schäbigen Gesicht eines Mannes, der am Straßenrand stand und grinste, als ich am 24. März 1933 abends gegen 18.00 Uhr von der politischen Polizei verhaftet worden war und abgeführt wurde.

Er grinste.

Sie grinsten alle – Männer und Frauen, Burschen und Mädchen, Feierabendzeit, Nachhauseweg – und genossen das Schauspiel eines Abtransportes von Gefangenen: zwei Männer und eine Frau, angekettet an robuste Gesellen: Mäntel, Hüte und Melonen.

Viele Gesichter.

Und doch prägte sich mir nur das Gesicht eines Mannes ein. Es lugte unter einem Hut hervor, der Ähnlichkeit mit einem Schiff hatte. Der Mann war nicht groß. Alter ungefähr 40 – 45 Jahre. Dem Bild nach ein Arbeiter, der auf dem Heimweg war. Möglicherweise kein unrechter Mensch. Vielleicht hatte er bis zur Stunde seine Partei- und Gewerkschaftsbeiträge pünktlich bezahlt. Wer weiß, ob er nicht auf die Barrikaden gegangen wäre, wenn seine Gewerkschaftsleitung ihn gerufen hätte. Die letzte große Arbeiterdemonstration Anfang März 1933 hatte er wahrscheinlich mitgemacht. Aber nun stand er am Straßenrand und grinste....

Und er grinste nicht allein. Und doch war es gerade sein Gesicht, das sich mir einprägte. Er grinste stellvertretend für alle, die den Faschismus beobachteten, hier und zu dieser Stunde und in der ganzen Welt: Bonzen und Bürger, Politiker und verwandte Berufe, Regierungschefs, Minister und Ratgeber, Könige und alles was da kreucht und fleucht.

Sie lehnten zwar den Faschismus ab, aber sie grinsten und ließen die verbluten, die das demokratische Banner, das Banner der Gleichheit, Brüderlichkeit und Freiheit hochhielten.

Aus.

Am 24. März 1933 um 18. 00 Uhr saß ich in der Zelle. Im Augenblick meiner Verhaftung versuchte ich noch zu flüchten, aber dann guckte ich in die Pistolenläufe der Kriminalbeamten. Der eine sagte: Bleiben Sie stehen oder ich schieße und der andere befahl: Gehen Sie in die Gartenlaube oder ich schieße. Eine brenzlige Situation, zumal erst einige Tage vorher Hermann Göring befohlen hatte: Schießt! Ich verantworte das.

Links und rechts von dem Gebäude, das ich verlassen hatte, stand ein Beamter mit der Pistole im Anschlag. Ich hatte die Arme hochgenommen und rief: Zum Teufel nochmal, was wollen Sie von mir? Der eine sagt: Ich soll stehenbleiben, der andere sagt: Ich soll ins Haus gehen. Geben Sie mir einen klaren Befehl und ich befolge ihn.

Meine klare und laute Sprache veranlasste die Herren, sich zu verständigen. Sie forderten mich auf, in das Gartenhaus zurückzugehen. Ich wiederholte ihre Worte. Als sie sie mir bestätigten, erklärte ich: Ich gehe jetzt ins Haus zurück.

Ich ging.

Gut ein Jahr später wurde ich von einem Gefängnis im Oldenburgischen nach Bremen zu einer Vernehmung abgeholt: Ein Auto, 2 Beamte, eine herrliche Fahrt durch den Frühling.

Ich mache Sie darauf aufmerksam: Bei einem Fluchtversuch schießen wir, sagte einer der Beamten.

Wir fuhren durch eine hübsche Landschaft: Rechts ein Tal mit einem kleinen Fluss. Wunderschön.

Einmal hätten wir sie schon fast um ein Haar über den Haufen geschossen, sagte einer der Beamten. Sie wissen doch noch, damals…..

Seine Stimme klang vorwurfsvoll. Er guckte mich an. Ich stierte geradeaus. Es stimmt also: fast um ein Haar….

Er zeigte mir einen Revolver. Vielleicht war es derselbe, mit dem er mich bei meiner Gefangennahme bedroht hatte. Ich zuckte die Achseln: warum fliehen?

Wir fuhren durch eine hübsche Landschaft. Rechts ein Tal mit einem kleine Fluss. Sonnenschein über alles. Wunderschön.

Ich sah das und sah das auch nicht. Ich hatte seit gut einem Jahr nichts als Gefängnismauern und Gitter gesehen. Mir ging das Herz über und doch fragte ich mich beklommen: Was hat man mit dir vor?

Vielleicht wollte man mich auf der Flucht erschießen? Oder in einem berüchtigten Lokal SA-Quartier am Buntentorsteinweg - dem früheren Lokal der Arbeiterzeitung vernehmen? Begleiterscheinungen: Drangsalierungen, zusammenschlagen, an die Wand stellen, erschießen.

Meine Begleiter waren nett zu mir. Sie redeten auf mich ein, wie auf einen kranken Gaul. Je freundlicher sie sich verhielten, desto zurückhaltender wurde ich. Mir blieb der Mund verschlossen. Ich nickte, sagte ja oder nein. Schweigen.

Nein, auf der Fahrt passierte nichts. Die Herren lieferten mich im Untersuchungsgefängnis ab. Sie sorgten noch dafür, dass ich einen Schlag Essen bekam. Nette,

freundliche Leute, die sich von mir verabschiedeten.
Als ich wieder auf einer Zelle saß und in dem Essen
herumstocherte, ärgerte ich mich doch, dass ich die Einladung zu einem Gasthausessen abgelehnt hatte. Die
Beamten hatten mich gefragt, haben Sie Hunger? Möch-
ten Sie etwas essen? Sie brauchen nur ja zu sagen. Ich
schüttelte den Kopf. Nein danke.
Es kam mir darauf an, mich mit diesen Leuten nicht
sonderlich einzulassen. Ich traute ihnen nichts Gutes zu.
Sie konnten mich über den Haufen schießen, ohne dass
man ihnen deswegen ein „Haar krümmen" würde. Im
Gegenteil: Es winkten Orden und Ehren…
Um ein Haar hätten wir sie damals über den Haufen
geschossen, hatte der Beamte erklärt. Sie erinnern sich
doch noch? Damals…..

Damals:
An dem Tag, an dem man mich verhaftet hatte, lebte ich
seit drei Wochen illegal. Kurz nach dem Brand des
Reichstagsgebäudes wurden die aktiven Mitglieder der
KPD und der Antifaschistischen Aktion verfolgt. Sie
verkrochen sich bei Genossen, die weniger bekannt wa-
ren. Die Solidarität der Arbeiterklasse bewährte sich.
Der Faschismus triumphierte, und seine Gegner teilten
die Furcht und die Hoffnungslosigkeit und das Brot.
Keiner hatte etwas Besonderes in den Tee zu brocken.
Sie lebten von heute auf morgen, von niedrigen Löhnen
oder kargen Unterstützungen. Aber sie hielten zusam-
men wie Pech und Schwefel. Gegen den Faschismus!
Gegen die Sklaverei, den Krieg und den Tod. Für den
Sozialismus! Für die Freiheit, den Frieden und das Leben.

1931 war ich der Kommunistischen Partei beigetreten. Nicht enthusiastisch. Und nicht von heute auf morgen. Ich stand ihr außerordentlich fremd gegenüber. Ja, ich lehnte sie ab. Zwischen uns befand sich ein tiefer Graben.

Familienmäßig bin ich in einer sozialdemokratischen Tradition aufgewachsen. Mein Vater war ein gewerkschaftlich organisierter Handwerker. Er las das Volksblatt. Es ging ihm um Aufklärung, Fortschritt, Demokratie. Er war eng mit seiner Klasse verbunden. Er sagte: Wir und umschloss damit seine Kollegen und Genossen.

Was heißt aufgewachsen?
Wir standen „links". Wir, die Arbeiter und die Angestellten, unser ganzes Wohnviertel, Tausende von kleinen Leuten, eine ganze Klasse. Die anderen gehörten nicht zu uns und wir nicht zu ihnen. Mein Vater umriss sie manchmal mit dem Ausdruck: Scharfmacher. Er sprach nicht gerade von Kapitalisten und Blutsaugern. Aber irgendwie lagen diese Bezeichnungen, wenn nicht gar Begriffe, in der Luft.
Tägliche politische Randbegleitungen und Ereignisse geisterten auch durch unsere Wohnung und Familie. Die Eltern unterhielten sich über die Aussperrung von Arbeitern, die den 1. Mai gefeiert hatten. Den Gemaßregelten gehörte unsere Anteilnahme, unsere Sympathie. Oder der Vater belustigte sich über die dummdreisten Bemerkungen unserer bäuerlichen Verwandten, für die der Sozialismus ein rotes Tuch war. Die Eltern frohlockten miteinander oder guckten finster in den Tag, je nachdem, wie es um unsere Sache stand.
Nun, das spielte sich alles nur am Rande des Lebens ab. Mein Vater gehörte um diese Zeit außer der Gewerk-

schaft keiner politischen Organisation an. Ihm mangelte es wahrscheinlich noch am Selbstbewusstsein. Er steckte vermutlich noch mit einem Fuß in seiner ländlichen Vergangenheit, die er verachtete. Die ihn aber doch wohl nicht losließ.

Er war der Jüngste einer Bauernfamilie der Lüneburger Heide. Während seine Brüder körperlich nicht besonders in Erscheinung traten, überragte er sie. Statt für die Landwirtschaft, interessierte er sich für Steine. Damit spielte er als Kind. Aus diesem Hang entwickelte sich vielleicht der Wunsch, Maurer zu werden. Er wurde erfüllt.

Ein Bauernsohn, der ein Handwerk erlernte, war um diese Zeit – besonders aus der stolzen Perspektive unserer Familie- etwas Außergewöhnliches. Ich verneige mich im Stillen vor meinem Großvater, der das zugab. Vielleicht konnte er mit seinem jüngsten Sohn nichts anderes anfangen, vielleicht war er froh, ihn auf diese Weise vom Hof zu entfernen. Das Spiel mit den Steinen aber hatte wohl den Ausschlag gegeben.

Steine haben ihn auch sein Lebtag nicht losgelassen. Bei einem Gang durch die Stadt konnte es vorkommen, dass er sagte: Den Giebel habe ich gebaut. Oder: An dem Haus habe ich auch mitgearbeitet. Er interessierte sich für jedes fortschrittliche Bauwerk. Es konnte geschehen, dass er mit der Hand gegen eine Wand schlug, gleichsam um sie zu prüfen. In dieser Geste lag eine Liebkosung.

Die Zeit, in der lebte, gehörte den Robusten. Man brauchte nur 2 Gedanken zu leben und keine 100. Er hatte 100, aber er war sich seiner Kraft nicht bewusst. Die Robusten triumphierten; er unterlag.

Es ist möglich, dass aus diesem Gegensatz seine sozialistische Einstellung entsprang. Er lernte sie vermutlich in seiner ersten Gesellenzeit im Ruhrgebiet kennen. Er hatte Bebel und andere legendäre Arbeiterführer gehört. Eine Welt begann sich in ihm abzuheben, die hell und licht und weit war: Freiheit, Demokratie, Sozialismus. Er hat wegen seiner politischen Haltung manchen Nasenstüber eingesteckt; das hat ihn aber nicht angefochten. Andererseits ist er über eine gefühlsmäßige sozialistische Bindung nicht hinausgewachsen. Meinen Schritt zur kommunistischen Partei hat er nicht verstanden.

Lass die Finger davon, riet er mir inständig, als wir uns einige Tage nach Hitlers Machtergreifung vor dem Arbeitsamt trafen. Sie sperren dich ein. Was hast du davon?
Ich weiß nicht mehr, was ich geantwortet habe. Vielleicht habe ich an ihm vorbeiguckt. Vielleicht habe ich aber auch gesagt: das musst du doch verstehen, die Arbeiterklasse......
Besonders zuversichtlich war mir in dieser Stunde nicht zumute. Die Auseinandersetzung zwischen Faschismus und Sozialismus stand zwar noch bevor. Eine Einigung zwischen SPD und KPD und eine Äußerung des ADGB würde genügen, um Hitler und seine Faschisten von heute auf morgen wegzufegen. Die Antifaschistische Front war bis zur Stunde ungeschlagen.

Ich fühlte mich also zunächst der sozialdemokratischen Partei verbunden. Klar, dass ich von der ersten Stunde meiner Berufstätigkeit an gewerkschaftlich organisiert war. Im Grunde war das in der damaligen Zeit eine Leistung für einen jungen kaufmännischen Angestellten, zumal ich mich aktiv am Aufbau und der Leitung einer Jugendgruppe beteiligte. Meinem Chef blieben diese Vorgänge nicht verborgen. Er sah sie vielleicht nicht gern, wenn es aber um Gehalts- und Sozialfragen ging, zog er mich als Verbandexperten zu Rate. Viele Jahre bedrängten mich weder politische noch gewerkschaftliche Fragen. Ich war dabei. Ich gehörte dazu. Genau wie der Refrain des Liedes: Mit uns zieht die neue Zeit! Mit uns zieht die neue Zeit!

Erst als es mir wirtschaftlich an den Kragen ging, wurde ich wach. Ich verlor meine Stellung und gehörte zu der Arbeitslosenarmee. Statt zu verzagen, beobachtete ich aufmerksam das Geschehen um mich. Ich guckte in die Zeitung – in erster Linie in die SPD-Presse und zog vielerlei Schlussfolgerungen aus dem, was ich las. Je aussichtsloser meine berufliche Lage wurde, desto stärker klammerte ich mich an sozialistische Theorien, um einen Ausweg zu finden. Neben vielen guten Erkenntnissen und Schlussfolgerungen, die ich zum Leben – zum Weiterleben - brauchte, begannen mich aber auch Zweifel zu plagen, die mich in Depressionen stürzten, unter denen ich kategorisch erkannte: Alles, was du dir zusammengereimt hast, was die SPD zu vertreten vorgibt, dieses ganze Drum und Dran um ihren Sozialismus ist Schwindel. Da steckt in Wirklichkeit nichts hinter. Du befindest dich auf dem Holzweg.
Zu meinen Hausgenossen gehörte auch ein junger Mann, ein Buchdrucker, mit dem ich viele interessante Gespräche geführt habe. Er war politisch und gewerkschaftlich organisiert und verfügte über gute Urteile und Ansichten.
Aber dann begann er mir auszuweichen. Wir kamen nur noch selten zu einer Aussprache. Und wenn, dann

fehlte ihm das Feuer, der alte Elan. Er lehnte meine Fragestellungen ab oder wurde nicht mehr in seiner alten Art mit ihnen klar. Das enttäuschte mich.

Eines Morgens holten sie ihn ab. In einem Sarg. Er hatte sein Leben beendet. Das große Warum wusste keiner im Haus zu beantworten. Alle standen vor einem Rätsel. Solch ein ordentlicher junger Mann. Er hatte solch eine gute Stellung. Er war immer so freundlich und hilfsbereit. Allerdings, in letzter Zeit war er oft sehr missmutig gewesen. In solch einer Stimmung war es dann wohl passiert.

Die Partei wies diesen Mann als ein Opfer der kapitalistischen Epoche aus. Ein Widerspruch erfolgte nicht. Sie half, ihn unter die Erde zu bringen. Und nach wie vor galten die alten Lieder.

Ich benötigte eine lange Zeit, um mit den Zusammenhängen fertigzuwerden. Mit der SPD fühlte ich mich nicht mehr verbunden. Ich suchte Realitäten und keinen Pseudosozialismus. Es ist verständlich, dass in meinen Blickpunkt auch die KPD geriet. Auch eine Arbeiterpartei, auch links. Und…

Nein, ich bin keineswegs mit fliegenden Fahnen zu ihr übergegangen. Uns trennte ein tiefer Graben, über den ich nicht wegkonnte. Der Einfluss der SPD wirkte sich noch aus. Ich traute denen da drüben alles Gute und Großartige zu und sicherlich auch einen ehrlichen Kampf um den Sozialismus, aber ich konnte mich ihnen nicht anschließen, meine Abneigung war zu groß.

Nichtsdestoweniger versuchte ich, mich über die kommunistische Partei zu informieren. Ich las ihr Zeitungsorgan, mit dem ich aber nicht viel anfangen konnte. Die SPD-Presse bezeichnete das Blatt als „Blutigen Kno-

chen". So ungefähr konnte einem die Zeitung auch vorkommen, wenn man die auf Aufputschung und Hass ausgerichteten Artikel las.
Ich erwartete von einer Arbeiterpresse Aufklärung, Analysen, Lichtblicke. Sie hatte vor nichts zurückzuschrecken, auch nicht vor sich selbst, wenn es um die Sache und die Zukunft der Arbeiterklasse ging. Und damit auch um Deutschland und die Internationale. Man fischte aber leider nur für den Augenblick. Die großen Perspektiven fehlten.

Mehrmals besuchte ich Versammlungen des kommunistischen Jugendverbandes, die mich aber gleichfalls nicht überzeugten. Meistens erfolgte ein hektischer Vortrag in Ausdrücken, die mir fremd waren. Anschließend gab es oft eine Aussprache, in denen sich die Teilnehmer mit Fäusten gegenüberstanden. Das gefiel mir nicht. Ich suchte einen soliden Grund, eine Überlegenheit und keine Faustpolitik.
Aber dann siegte doch wohl meine innere Bereitschaft: Die da drüben können was. Die machen eine ehrliche Arbeiterpolitik, denen musst du dich anschließen. Eines Tages füllte ich dann einen Aufnahmeantrag für die KPD aus. Damit trennte ich mich von meiner Vergangenheit. Als ich den Schein in der Parteizentrale abgegeben hatte, war mir zumute, als wenn ich alle Brücken hinter mir abgebrochen hätte. Nun stand ich auf der anderen Seite der Barrikade. Ich war gespannt, was ich erleben würde.
Ich hatte bislang viel von der kommunistischen Aktivität gehört und war enttäuscht, dass man offensichtlich keine Notiz von meinem Beitritt zur Partei genommen hatte. Es vergingen Wochen, ohne dass man sich um mich kümmerte. Eines Tages jedoch erhielt ich eine Ein-

ladung zu einer Zellensitzung. Sie fand in der Privatwohnung eines Genossen statt und zwar in dessen Küche. Außer mir war noch ein Mann zu dieser Versammlung erschienen. Und natürlich auch ein Referent, der sich als Stadtteilleiter vorstellte und gut eine Stunde auf uns einsprach. Er hielt ein Referat, als ob er tausende von Zuschauern vor sich hatte. Anschließend forderte er uns zur Aussprache auf.
Wir schwiegen.

Ich hatte ohnehin nichts zu sagen, denn seinem Vortrag war ich nicht gefolgt. Das einzige, woran ich mich erinnerte waren sein großer Mund und seine Armgestikulationen, mit denen er seine Worte unterstrich. Alles andere war an mir vorbeigegangen.
Dennoch brachte der Abend ein positives Ergebnis zuwege. Die Parteizelle wurde neu aufgebaut. Ich wurde als politischer Leiter vorgeschlagen und mein Genosse als Orgleiter. An uns lag es nun, etwas aus unserem Auftrag zu machen.
Der Genosse und ich gingen gemeinsam nach Haus, Er war Seemann von Beruf und lag im Augenblick arbeitslos an Land. Der Partei gehörte er schon viele Jahre an.
Quatsch, sagte er. Das mit dem Referat - großer Quatsch.
Als ich der Einladung folgte, bekannte ich, hatte ich noch etwas Mut. Aber nun bin ich enttäuscht. Ist das die kommunistische Partei?

Gar nicht um kümmern, antwortete er. Wir bauen die Zelle auf, sollst mal sehen. Übrigens hier habe ich eine Broschüre. Wenn du die lesen willst?
Ich hielt ein schmales Heft in der Hand, sagte: Danke

und wir verabredeten uns, um die weitere gemeinsame Parteiarbeit aufzunehmen.

Auf diese Weise gelangte ich in den Besitz einer Broschüre von Karl Marx. Heute – 35 Jahre später - bemühe ich mich, mich an ihren Titel zu erinnern. Ich glaube, die Broschüre hieß: Lohn, Preis und Profit. Sie gab mir damals einen klaren Überblick über wirtschaftliche Zusammenhänge, über den Mehrwert und die Rolle der Arbeiterklasse im Rahmen der kapitalistischen Epoche. Ihr Inhalt war einfach und klar gehalten. Er ging mir ein wie Honiglecken. Ich bekam plötzlich einen sicheren Boden unter den Füßen. Mein Entschluss, der KPD beizutreten, bestätigte sich mir als gut und richtig. Sicherlich hatte ich für die Kenntnisnahme dieser Broschüre in mir schon einen guten Boden vorbereitet. Ich hatte mir über die Verhältnisse, die mich umgaben, Gedanken gemacht, sie aber nicht so präzise und entschlossen formuliert, wie ich sie in der Broschüre meines Genossen vorfand. Die hier erarbeiteten Ergebnisse rissen mir eine Binde von den Augen. Ich war bisher blind gewesen, nun aber war ich sehend geworden. In der letzten Zeit habe ich mich bemüht, diese Broschüre wieder aufzufinden. Das ist mir leider nicht gelungen. Aber was für Schriften von Marx und Engels mir auch in die Hände fielen, jede verkörperte die Erkenntnis, die mir damals zu Eigen wurde.
ich entdeckte damals, dass die Lage der Arbeiterklasse hoffnungslos ist, dass man ihre Mitglieder immer nur im Schnitt so viel verdienen lässt, wie sie zur Erhaltung ihrer Arbeitskraft und ihrer Fortpflanzung benötigen. Was sie über diesen Betrag hinaus schaffen, gehört ihrem Arbeitgeber, der den Mehrwert einheimst. Dieser Vorgang führt zur Anhäufung des Kapitals und im

Endergebnis – in der Endauseinandersetzung – zur Enteignung der Enteigner und zum Sozialismus.
Ich gewann einen Einblick in wirtschaftliche Zusammenhänge und politische Schluss-folgerungen, wie ich sie mir klarer und eindeutiger nicht wünschen könnte. Bislang hatte ich mich mit meinen Gedanken und Auffassungen im Nebel aufgehalten, aber nun überschaute ich nicht nur meine Lage, sondern auch die meiner Klasse; ich wurde ihr überzeugter Kämpfer.
Es ist für das Leben unerlässlich, wichtige Erkenntnisse unter den Füßen zu haben. Karl Marx hat die kapitalistischen Zusammenhänge ergründet und in seinen Lehrsätzen an uns weitergegeben. Die damit verknüpften politischen Hoffnungen und Schlussfolgerungen werden sich erfüllen, wenn wir die Marxsche Lehre mit der jeweiligen gesellschaftlichen Form konfrontieren.

Zu Beginn des 2. Weltkrieges berichtete ein Freund, der in Bremen als Hilfspolizist die Vorlesungen einer Verwaltungsakademie besuchte, dass ein Professor aus Münster über den Geldumlauf und seine Gesetzesmäßigkeit gesprochen hätte. Der Vortragende schloss seine Erklärungen mit dem Hinweis, dass sie nicht von ihm stammten, sondern von Karl Marx. Danke.
Mein Freund amüsierte sich noch nachträglich über die langen Gesichter der Zuhörer, die das nationalsozialistische Parteiabzeichen im Knopfloch trugen. Nein, dem Professor geschah nichts. Die Faschisten verdammten den Politiker Marx, auf den Wissenschaftler Marx konnten sie und kann auch heute noch keiner verzichten.
Umso lächerlicher ist es, wenn es, wenn es Nachbeter gibt, die Karl Marx als überholt bezeichnen. Sie fischen im Trüben, um sich den herrschenden Leuten Liebkind zu machen. Die wirtschaftlichen Erkenntnisse des Wis-

senschaftlers Karl Marx sind nicht zu widerlegen; sie bestätigen sich täglich. Seine Leistung aber ist ohne seine politischen Schlussfolgerungen wohl nicht richtig zu würdigen.

Gerade diese politischen Schlussfolgerungen glaubt man heute mit einem Achselzucken abzutun, obgleich sie einem auf Schritt und Tritt in ihrer Realität begegnen. Die Anhäufung des Kapitals nimmt in all seinen Erscheinungen immer extremere Formen an. Auf der einen Seite stehen die Millionen Menschen, die man ohne Rücksicht auf ihre Klassenherkunft zur Massenexistenz verdammt. Die Voraussetzungen für die Umwandlung der kapitalistischen Gesellschaft in eine sozialistische spielen sich vor unseren Augen ab.

Eines Tages holte mich der Orgleiter unserer Zelle ab. Wir besuchten die Stadtteilleiter-sitzung, in der die Org- und Polleiter der unteren Einheit unseres Bremer Stadtteiles zusammengefasst wurden. Der Leiter des Stadtteils war der Genosse, der auf der ersten Zellensitzung, an der ich teilgenommen hatte, zwei Stunden vor zwei erschienenen Mitgliedern gesprochen hatte.

Er hielt auch auf der Stadtteilleitersitzung ein langes politisches Referat. Anschließend wurden organisatorische Fragen besprochen. Die verabredeten Aufgaben blieben aber meistens in der Luft hängen; selten, dass sie sonderlich zum Zuge kamen.

Im Laufe der Zeit wurde ich durch die tägliche Parteiarbeit mit den Genossen innerhalb der Zelle bekannt. Sie nahmen mich in ihren Familien freundlich auf. Durch sie wurde ich mit der Bremer Parteigeschichte bekannt. Viele von ihnen hatten die Bremer Räterepublik aktiv verteidigt. Sie gehörten zu den Mitbegründern der KPD. Durch sie wurde ich auch mit den internen Auseinandersetzungen und Kämpfen innerhalb der

Partei bekannt. Es gab linke und rechte Genossen, richtige und falsche Plattformen, kurz gesagt, den Berichten nach ein tolles Durcheinander. Erst nach der Übernahme der Parteiführung durch Ernst Thälmann festigte sich die politische Organisation. Es ging aufwärts und vorwärts. In diesen Stunden war ich dabei. Drei Monate nach meinem Beitritt zur KPD wurde ich von den Genossen unseres Stadtteiles auf einer Stadtteilleitersitzung zum politischen Leiter gewählt. Der bisherige Stadtteilleiter hatte nach einer heftigen Aussprache seine Funktion zur Verfügung gestellt und mich, der ich ihm die Hölle heiß gemacht hatte, zu seinem Nachfolger vorgeschlagen.

Auf der vorletzten Stadtteilleitersitzung war beschlossen worden, die Genossen auf dem Lande durch einen Besuch zu unterstützen. Unserem Stadtteil war der Landkreis Soltau zugeteilt worden. Wir verabredeten uns, am Sonnabend mit Rädern nach Soltau zu fahren, bei den dortigen Genossen zu übernachten und am nächsten Morgen mit ihnen auf dem Lande zu agitieren. Im Laufe der Woche gelang es mir insbesondere die jungen Genossen für die Agitationsfahrt zu interessieren. Wir setzten unsere Räder instand oder beschafften sie leihweise. Auf jeden Fall waren wir für die Agitationsfahrt vollständig zur Stelle, ausreichend mit Broschüren bewaffnet, um die Landbevölkerung zu informieren.
Wir warteten an der Abfahrtstelle auf den Genossen Stadtteilleiter, der uns begleiten wollte. Es stelle sich dann allerdings heraus, dass er zu Hause auf dem Sofa lag und schlief. Er hatte nicht mit der Aktivität seiner Mitglieder gerechnet. Du liebe Zeit, es waren schon so viele Beschlüsse gefasst und nicht durchgeführt wor-

den. Und gerade heute.....
Er räkelte sich auf dem Sofa hoch und sah nicht nach
einer 80 Kilometer Radfahrt aus, um anschließend den
Bauern politische Broschüren zu verkaufen. Es wäre
ihm wohl am liebsten gewesen, wenn wir unser Vorhaben aufgegeben hätten. Doch die Genossen waren
mächtig in Form: Sie wollten auf jeden Fall fahren.
Wissen die Soltauer Bescheid, dass wir kommen, wurde
der Stadtteilleiter gefragt.
ja, sie wissen Bescheid, antwortete er.
Und ab ging die Reise.
80 Kilometer mit dem Fahrrad zu fahren, ist keine Kleinigkeit. Da gehört schon etwas dazu, zumal wenn man
nicht sonderlich trainiert ist. Und das waren wir alle
nicht. Aber unsere Begeisterung für eine beschlossene
politische Aufgabe meisterte alle Schwierigkeiten.
Abends gegen 9 Uhr trafen wir in Soltau ein.
Leider hatte unser Genosse Stadtteilleiter die Soltauer
Genossen über unseren Beschluss und unsere voraus-
sichtliche Ankunft nicht informiert. Das gab den Bre-
mern einen Knacks. Sie wollten wohl schier verzweifeln
über die Lage, in die sie die eigene Parteileitung gebracht hatte. Die Soltauer Genossen aber fanden sich
schnell zusammen. Die Bremer wurden samt und son-
ders in ihren Familien untergebracht. Die Quartierfrage
war gelöst.
Am nächsten Morgen begleiteten uns die Soltauer Genossen auf unserer Agitationsfahrt. Wir wählten eine
Route, die uns gleichzeitig wieder auf die Heimreise
brachte. Wir setzten eine Menge Broschüren um und
hatten viele interessante Diskussionen.
Gegen Mittag verabschiedeten sich die Bremer von den
Soltauer Genossen mit einem dreimal kräftigen Rot-
front. Der Abschied fiel allen schwer. Abends trafen wir

wieder wohlbehalten in Bremen ein. Und am nächsten Abend fand das Debakel in der Stadtteilleitersitzung statt.

Es ging hoch her.

Ich hielt meine Jungfernrede. Mein Herz pochte wie nicht recht klug. Aber ich kam gut über die Runden und brachte alles vor, was uns über das Versagen der Stadtteilleitung bedrückte. Nachdem auch von anderen Genossen eine durchgreifende Änderung verlangt worden war, stellte der Genosse Stadtteilleiter seine Funktion zur Verfügung, indem er mich gleichzeitig zu seinem Nachfolger vorschlug. Dieser Vorschlag wurde von den Anwesenden begeistert aufgenommen. Die Abstimmung ergab meine einstimmige Wahl zum Stadtteilleiter.

Noch nicht, sagte mein Vorgänger. Die Wahl muss von der Bezirksleitung, abgekürzt BL, bestätigt werden. Erst dann ist sie gültig. Er rechnete vermutlich damit, dass die BL meine Wahl beanstanden würde. Dieses Recht stand ihr zu; das gehörte zu einer zentralistischen Demokratie, wie man uns erklärt hatte.

Dem Genossen oblag es also, der Bezirksleitung mitzuteilen, dass er abgewählt worden war.

Diese Mitteilung löste, wie ich später erfuhr, bei der zuständigen Leitung ein lautes Gelächter aus. Ein Polleiter, der seine eigene Abwahl bekannt gab, so etwas war ihr noch nicht vorgekommen. Er musste den Vorgang genau erzählen.

Obgleich er mich in übelster Weise verdächtigte, erkannte man die Wahl an. Man war gespannt, mich auf der nächsten Sitzung aller Bremer Stadtteilleiter kennenzulernen.

Die Sitzung fand jede Woche am Donnerstag statt. Sie wurde von dem Organisationsleiter der Partei geleitet.

Einer der anwesenden Genossen gab einen politischen Überblick, der anschließend aus der Sicht der BL ergänzt wurde. Der Abend schloss mit organisatorischen Besprechungen.

Ich erinnere mich noch, dass man mich bei meinem ersten Aufkreuzen in diesem Kreise besonders aufmerksam angeguckt hat, dass ich aber von Stund an der anerkannte politische Leiter der Bremer Altstadt und der Vorstadt Findorff war.

Mein Vorgänger bekam einen Posten in der Abwehr, das heißt, ihm oblag es, parteifeindliche Vorgänge aufzuklären und die Linie der Partei zu sichern

Die ersten Sporen für dieses Amt hatte er sich vermutlich durch meine Charakterisierung verdient.

Diese Zusammenhänge, die mir nicht verborgen blieben, berührten mich nicht. Ich bemühte mich, die Stadtteilorganisation in den Griff zu bekommen. Abend für Abend war ich in den verschiedenen Zellenbereichen unterwegs. Meine Aktivität steckte die Organisation an. Die Betriebe und die Bevölkerung wurden fortlaufend mit Flugblättern und Zeitschriften angesprochen. Morgens um 5 Uhr waren die Genossen oft schon auf den Beinen um zu agitieren und zu werben. Zur Durchführung ihrer Arbeiten hatte sich die Parteieinheiten einen ausreichenden Bestand an Maschinen zugelegt. Unser Stadtteil verfügte über mehrere Garnituren Schreibmaschinen und Vervielfältigungsapparate, die an Geheimstellen untergebracht waren, um sie bei einer evtl. Illegalität vor dem Zugriff der Polizei zu sichern.

Aber nicht nur technisch waren die unteren Parteieinheiten von der vorgesetzten Stelle unabhängig, sondern auch agitatorisch und propagandistisch. Die Texte der verbreiteten Flugblätter und Werbe - resp. Betriebszeitschriften wurden von den Genossen der betreffenden

Einheiten selbst verfasst. Es bestand lediglich die Verpflichtung, 3 Exemplare der BL zur Information vorzulegen.

Wir gaben eine Menge Flugblätter und Zeitschriften heraus, nach der die Bürger und die Betriebsarbeiter unseres Stadtteils griffen, denn unsere Sprache war offen und herzlich, und was wir schrieben, kam an. Alteingefleischten Funktionären von der Art meines Vorgängers kam unsere Propaganda oft nicht geheuer vor. Sie studierten jede Veröffentlichung und legten sie der BL vor in der Hoffnung, dass man uns abkanzeln und zur Rechenschaft ziehen würde. Doch ich habe nie eine abfällige Bemerkung der vorgesetzten Leitung gehört. Dagegen blieben mir die innerparteilichen Störversuche gegen unsere Arbeit nicht verborgen, die von der BL damit abgetan wurden, indem sie erklärte: Die Stadtteilleitung arbeitet ideologisch.

Der Erfolg unserer Arbeit blieb nicht aus. Sie fand ihren Niederschlag in den Wählergebnissen und der fortlaufenden Steigerung unserer Mitgliederzahlen. Eine besonders starke Ausweitung unseres Einflusses aber setzte mit der Propaganda für die „Antifaschistische Aktion" ein, zu der wir alle demokratischen Kräfte unseres Stadtteils aufriefen.

In den verschiedenen Stadtteilbereichen bildeten sich aus allen Teilen der Bevölkerung antifaschistische Abwehrgruppen, die das Hab und Gut der Bürger und die Anlaufstellen der Partei und ihrer Unterorganisationen gegen den faschistischen Mopp sicherten. In Wahlkampfzeiten schmückten sie die Häuserfronten mit antifaschistischen Kampfzeichen. In den Straßen und Gassen der Altstadt unserer Stadt hingen Fenster neben Fenster viele Meter lange rote Fahnen mit der Aufschrift: „ Antifaschistische Aktion!"

Das sah toll aus und brachte die Reaktion auf die Beine. Die Faschisten streuten das Gerücht aus, dass unsere Propaganda von Moskau bezahlt würde. Die beteiligten Antifaschisten aber lachten darüber, denn sie wussten nur zu gut, was die Ausschmückung der Straßenfronten mit antifaschistischen Kampf- und Siegesparolen für Opfer gekostet hatte.

Ich gebe allerdings zu – und es ist mir ein Bedürfnis, das hier festzuhalten, dass uns Herr Bamberger, der Inhaber des gleichnamigen Bremer Kaufhauses weitgehend unter die Arme gegriffen hat. Er stellte rotes Inlett zur Verfügung und war immer bereit, in die Tasche zu greifen, um den Kampf der Partei gegen den Faschismus zu unterstützen.

Es ist klar, dass den Faschisten die roten Hochburgen unserer Stadt ein Dorn im Auge waren, zumal es ihnen nicht gelang, auch nur einen Mann in diesen Bereichen für sich zu gewinnen. Eines Tages planten sie unter Einsatz ihrer gesamten Kräfte – man holte deshalb viele auswärtige SA-Stürme nach Bremen – eine Demonstration durch das Altstadtviertel – das sogenannte „Krumme Viertel", in dem viele Parteigenossen und Antifaschisten wohnten.

Wir beschlossen als Gegenmaßnahme: Kein Bewohner zeigt sich auf der Straße oder an den Fenstern. Der Stadtteil ist tot. Anschließend an die faschistische Provokation veranstalteten wir eine Gegenkundgebung.

Im Laufe des Tages, an dem die Faschisten ihre Provokation planten, wurden alle aktiven Kommunisten und Antifaschisten des Stadtteils in Schutzhaft genommen! Mich lieferte man auch im Polizeigefängnis Ostertor ein. Während wir saßen, spielte sich in dem betreffenden Stadtteil alles wie vorgesehen ab. Die Faschisten versammelten sich unter dem Schutz der Polizei – die SPD

Regierung hatte extra Hundertschaften aus Hamburg für die Aufgabe angefordert – und marschierten durch die alten, engen Gassen unserer Stadt, die wie ausgestorben waren. Keine Gardine bewegte sich.

Als die Schlägerkolonnen vorbei waren, wagten sich die Bürger wieder auf die Straßen. Sie sammelten die verteilten Flugblätter der Faschisten ein und verbrannten sie.

Die Gegenkundgebung wurde wie festgelegt durchgeführt und von den Hamburger Polizeihundertschaften gestört, die antifaschistische Bürger mit ihren Gummiknüppeln bearbeiteten, vermutlich, weil sie sich selbst ängstigten.

Nun, uns lag es nicht an einem Streit mit der Polizei. Unter diesen Männern gab es viele Antifaschisten, die mit uns sympathisierten. Die Antifaschistische Aktion gewann ständig an Boden. Eines Tages erklärten sich Reichsbannerkameraden bereit, mit uns zusammenzuarbeiten. Wir verabredeten für mittags um 2 Uhr eine gemeinsame Besprechung im Clubzimmer des bekannten Restaurants Jan Claren an der Faulenstraße.

Es erregte Aufsehen, als die Männer der Antifaschistischen Aktion in ihren schwarzen Hemden und die Reichsbannermänner in ihren Uniformen durch das Lokal von Jan Claren gingen und im Clubzimmer verschwanden. Wir kamen überein, den Kampf gegen die Faschisten gemeinsam zu führen und einigten uns über entsprechende organisatorische Aufgaben und Schutzmaßnahmen.

Dieser gute Ansatz brach noch am selben Tag wieder zusammen, denn der leitende Reichsbannerkamerad hielt bereits am Nachmittag um 16.00 Uhr seinen Anschlussbescheid aus dem Reichsbanner in den Händen.

Der gute Mann war wie vor den Kopf geschlagen. Er konnte das einfach nicht begreifen und kroch zu Kreuze.

Unterschrieben war der Ausschlussbescheid von Herrn Hackmack, einem derzeitigen Redakteur der sozialdemokratischen Bremer Volkszeitung. Im Verlauf der faschistischen Epoche wurde Herr Hackmack mit vielen seiner Genossen verhaftet und zu langjährigen Zuchthausstrafen verurteilt. Es ist wohl kaum anzunehmen, dass er sich über seine antidemokratische Rolle, die er vor der Machtübernahme der Nazi spielte, klar geworden ist.

Dafür belohnte ihn die amerikanische Besatzungsregierung nach dem Krieg mit der Lizenz für die Herausgabe des „ Weser-Kurier", dem Bremer General Anzeiger, dessen Hauptteilhaber er heute ist.

Als die Nachricht durchkam, Hitler ist Reichskanzler geworden, befand ich mich in der Geschäftsstelle der Partei. Mir blieb für Augenblicke die Zeit stehen, so überwältigte mich die Nachricht, obgleich jeder im Grunde damit gerechnet hatte. Nun lag die Entscheidung bei der Arbeiterklasse. Was würden die Gewerkschaften tun? Und die SPD? Unsere Parolen waren klar: Generalstreik, Übernahme der Macht durch die Arbeiterklasse. Vollständige Zerschlagung des Faschismus. Was machen wir nun? Fragte ich den Genossen Nickel, den Orgleiter der Partei. Soll ich meine Truppen zusammenholen?

Er lachte mich aus.

Aber es muss doch etwas geschehen, begehrte ich auf. Nun, es geschah nichts. Das Leben – auch das Parteileben- ging seinen Gang. Die SPD regierte im Bremer Rathaus und Hitler regierte in Berlin. Der Februar verging in gewohnter Weise. Für Anfang März waren

Neuwahlen ausgeschrieben. Und dann brannte der Reichstag…..
Das war das Signal, um die kommunistischen Funktionäre zu verhaften. Doch die Nester waren leer. Die Genossen lebten bereits seit Tagen, sofern sich das einrichten ließ, illegal. Sympathisierende nahmen uns in ihren Wohnungen auf. Wir wechselten ständig das Quartier, um uns vor den Faschisten zu sichern. Kuriere stellten die Verbindungen zwischen den Parteizellen und der Parteileitung her. Wir gaben in regelmäßigen Abständen eine hektographierte Arbeiterzeitung heraus, die reißenden Absatz fand. Während ich das Blatt redaktionell redigierte, übernahm ein anderer Genosse, ein gebürtiger Berliner, die Herstellung und den Vertrieb.

Als ich die Nachricht erhielt, dass der Genosse bei der Auslieferung der Zeitung verhaftet worden war, blieb mir meines Dafürhaltens nichts anderes übrig, als ihn zu ersetzen. Ich nahm an, dass er die Herausgabe der Zeitung abstreiten würde. Und wenn sie nun trotz seiner Verhaftung erschien, dann stimmte seine Aussage, und sie konnten ihm nicht das Fell über die Ohren ziehen.

Am 24. März 1933 morgens radelte ich den Ort an, wo die Schreibmaschine und das Abzugsgerät standen, die ich beide für die Herstellung der Zeitung benötigte. Die Adresse hatte ich von dem Hauptkassierer unseres Stadtteils, der mir im Laufe des Tages mehrere 1000 Blatt Abzugspapier bringen sollte. Mit ihm, wollte ich dann anschließend auch den Vertrieb der Zeitung besprechen.

Ich fand alles ordnungsgemäß in der mir bezeichneten Parzellenbude vor. Der Inhaber der Behausung, ein alter Genosse, beschäftigte sich mit seinem Garten, so dass ich ungestört meine Zeitungsartikel schreiben konnte. Gegen Mittag traf eine Genossin ein, die mir beim Abzug der Matrizen behilflich sein sollte. Sie holte mir zunächst eine Portion Essen aus der Volksküche. Dann machten wir uns an die Arbeit.

Als es zu dunkeln begann, standen die fertiggepackten Zeitungspakete sauber in einer Reihe und einem Glied. Sie enthielten massive Angriffe gegen die Faschisten und eine Warnung vor dem kommenden Krieg und seinen Folgen und außerdem einen Aufruf an die Bevölkerung, zusammenzustehen und die Parolen der neuen Herren nicht zu befolgen. Während ich die Textentwürfe und alle anderen Herstellungsspuren im Herd verbrannte und die Maschinen innerhalb des Gebäudes in einem getarnten, metertiefen Verließ sicherte, memorierte ich im Stillen die abgedruckten Texte, die ich gut fand.

Als wenige Minuten später – ich beabsichtigte just die Unterkunft zu verlassen, um ein anderes Quartier aufzusuchen – die politische Polizei das Haus umstellt hatte, lief es mir doch eiskalt den Buckel rauf und runter. Ein Fluchtversuch misslang in letzter Sekunde. Die Geheimpolizisten stürzten in das Haus und griffen mit Vehemenz nach den Zeitungen und lasen sie durch. Dann wandten sie sich mir zu. „Schämen sie sich nicht, sich für so etwas herzugeben?" fragten sie. Sie stammen doch aus einer ordentlichen Familie!

Diesen Eindruck hatten sie möglicherweise gewonnen, als sie mit der ersten Verhaftungswelle gegen Kommunisten irrtümlich an meiner Stelle einen Vetter erwischten, einen U-Bootoffizier a.D., den sie natürlich mit der Bitte um Entschuldigung laufen lassen mussten. Die Herren, die mich gefragt hatten, standen hinter mir. Ich drehte mich kurz um und erklärte klar und deutlich: Ich habe nur meine Pflicht getan.

Man bot mir eine Zigarette an, die ich ablehnte, denn ich wollte einen klaren Kopf behalten. Wer weiß, was mir in dieser Nacht noch bevorstand. Ich befand mich in den Händen der Faschisten.

Vielen Dank sagte ich. Aber, wenn ich noch etwas essen darf. Ich habe noch einen Rest Suppe auf dem Herd stehen.

Man gestattete es mir. Dann wurden wir abgeführt: Die Genossin, der Budenbesitzer und ich An der Straße stand der Mann mit dem grinsenden Gesicht. Er stand dort stellvertretend für viele Millionen Menschen – den Präsidenten der Vereinigten Staaten eingeschlossen – die alle miteinander froh waren, dass die Faschisten die Kommunisten verfolgten.

Dieser Mann mit dem grinsenden Gesicht hat mich seit 30 Jahren verfolgt. Um mit ihm fertig zu werden, schreibe ich diese Zeilen. Persönlich kenne ich den Mann nicht; ich kann ihm daher auch nichts nachsagen. Ich war innerlich immer bereit, ihn für einen guten Durchschnittsbürger der damaligen Zeit einzuschätzen: Ein rechtschaffender Mann, der seine Arbeiterfunktion ordentlich ausfüllt, pünktlich seinen Gewerkschaftsbeitrag bezahlt, jeden Abend das SPD Blatt liest und nichts mit Herrn Hitler gemein hat. Ich vermute, dass er an der großen politischen Demonstration der SPD teilgenommen hatte, die kurz vor dem Wahltag – von der illegalen KPD unterstützt – zu einer machtvollen Kampfansage gegen die Faschisten wurde. Doch darauf kam es den Initiatoren dieser Aktion nicht an; sie wollten wahrscheinlich den neuen Herren auf diese Weise andeuten:

nehmt uns in euren Bund auf! Wir sind eure Helfer gewesen und wollen es sein! Die Gewerkschaften werden nichts gegen euch unternehmen.

So geschah es.

Die Arbeiterschaft stand Gewehr bei Fuß. Sie wartete auf den Beschluss des ADGB. Und nicht nur die Arbeiterschaft, sondern auch die Mehrheit der demokratisch ausgerichteten Polizisten. Ein gewerkschaftliches Kampfwort und alle wären bereit gewesen, die Faschisten von der Bildfläche zu vertreiben.

Kein Wort.

Keine Tat.

Dafür grinsende Gesichter, wenn man die Kommunisten zu Paaren trieb. Endlich erhielten diese Menschen, vor denen die Spießer von rechts bis links sich gefürchtet hatten, ihren wohlverdienten Lohn. Sie selbst standen makellos da: Gute, nationale Bürger, die umworben wurden.

In diesen Tagen gab es dann auch eine ganze Menge Märzgefallene, die der NSDAP beitraten, darunter auch einige frühere Genossen. Man nahm sie mit offenen Armen auf, doch froh sind die frischgebackenen Faschisten ihr Lebtag nicht wieder geworden. Sie wurden bis an das Ende ihrer sinnlosen Tage geschnitten. Wer ein bisschen Ehre im Leibe hatte – das waren nicht wenige – gab sich nicht mit ihnen ab.

Wir waren also verhaftet und donnerten in dem Polizeiauto zum Untersuchungsgefängnis. Zu dumm, dass ich mich nicht mit meinen Schicksalsgefährten wegen unserer Aussage abgesprochen hatte. Ich fühlte mich aber bei der ganzen Aktion und in der Landbude des Genossen sicher, so dass ich keinerlei Bedenken hatte. Im Laufe des Tages hatte mich einer meiner nächsten Mitarbeiter, der Hauptkassierer des Stadtteils aufgesucht und Papier, Materialien und Geld gebracht. Mit ihm hatte ich die weiteren politischen Arbeiten und Aufgaben besprochen. Erst später wurde ich gewahr, dass man diesen Mann inzwischen bereits zum Spitzel gepresst hatte. Durch ihn lieferte ich mich und meine Gefährten den Faschisten aus.

Darüber hinaus hatte der arme Tropf sicher verraten, was er wusste. Wahrscheinlich auch den Genossen, der die Arbeiterzeitung vor mir herstellte und vertrieb. Ich selbst hatte ihn eines Tages zum Hauptkassierer vorgeschlagen, weil er in ordentlichen Verhältnissen lebte und in Geldangelegenheiten zuverlässig war. Durch seine Hände liefen täglich nicht unbeträchtliche Summen, die manchem armen Teufel unter Umständen verhängnisvoll geworden wären. Leider hatte ich bei meinem neuen Hauptkassierer unberücksichtigt gelassen, dass es sich um einen ehemaligen Polizeibeamten handelte. Sie fingen ihn dann auch Anfang 1933 und drehten ihn um. Und er musste nun als Verräter andere über die Klinge springen lassen. Was für ein erbärmliches Los!

Nun, ich hätte diesen ehemaligen Polizeibeamten nicht als Hauptkassierer vorschlagen dürfen. Aber warum denn nicht? In unserer Partei befanden sich viele ehemalige Polizeibeamte. Man hatte sie sich gleichfalls im Laufe der Zeit gegriffen und umzukehren versucht. Doch das war ihnen nicht gelungen; die Männer hatten nein gesagt. Sie informierten über diese Vorgänge die Partei, die politisches Kapital daraus schlug.

Tscha, und dann fiel die Tür hinter mir ins Schloss, und ich sah mich in meiner neuen Behausung um. Ein

Mensch eingesperrt in einen Käfig – für einen freiheits-
liebenden Menschen ist das eine unheimliche Tortur.
Ich ging in dem kleinen Raum auf und ab: 5 Schritte
vor, 5 Schritte zurück. Mir kam es darauf an, meine
Aussagen vor der Polizei festzulegen. Der Budenbesitzer befand sich im Augenblick meiner Verhaftung außerhalb des Gebäudes; er brauchte also von dem, was in
seinem Gartenhaus passiert war, nichts zu wissen. Doch
was würde er aussagen? Inwieweit hatte ich die Zeitungen hergestellt? Die Maschinen hatte man nicht gefunden. Übrigens befanden sich in dem Versteck auch noch
Waffen. Wenn man die fand, konnte man uns über den
Haufen schießen. Und die Genossin? Welche Rolle
spielte sie?
Zu dumm, dass wir uns nicht vorher miteinander abgesprochen hatten. Nun baute ich mir meine Aussagen
einigermaßen logisch und glaubwürdig zusammen. Sie
nahmen sich in meinem Kopf aus wie auf einer Perlen-
schnur aufgezogen. Zum Teufel, ich hatte jedes Wort
genau überlegt. Man brauchte mich also nur noch zur
Vernehmung zu holen; doch man holte mich nicht.
Man ließ mich 5 Tage braten. Es wurde Morgen und
wieder Abend. Und wieder Morgen und wieder Abend.
Und ich saß in einem Loch und spürte nichts von der
Sonne und von dem Mond. Jeden Tag lief ich eine halbe
Stunde auf einem Innenhof im Kreis herum. An den
Fenstern ringsum standen junge Leute, die die Inhaftierten beobachteten. Vielleicht junge Angehörige der Poli-
zei oder der Justiz oder des Zeitungswesens. Sie feixten
nicht schlecht; die grinsenden Geister…

Mein Beitritt zur KPD hatte mein Leben von Grund auf
verändert. Ideologisch hatte ich wieder festen Boden
unter den Füßen. Die kapitalistische Welt ging ringsum

vor die Hunde, und ich war befähigt, diesen Ablauf zu beobachten. Und nicht nur das, sondern auch herbeizuführen. Durch meine Aktivität, durch meine Teilnahme am täglichen politischen Kampf , durch die Durchführung der gestellten Parteiaufgaben.

Die Parteiaufgaben, an deren Zustandekommen ich durch meine Zugehörigkeit zur Bezirksleitung beteiligt war, wurden durch die politische Lage bestimmt. Ihre Durchführung oblag den unteren Parteieinheiten. Die Kampfaktionen wurden in eigener Regie vorbereitet und durchgeführt. Wir hatten vollkommen freie Hand…

… wir lernten mit den Menschen zusammenzuarbeiten, die uns das kapitalistische System für den sozialistischen Freiheitskampf überlassen hatte. Das waren oft die Ärmsten der Armen. Nicht nur materiell gesehen, sondern auch heimat- und gemeinschaftlich. Verstoßen und verkommen tauchten sie oft bei uns auf, um sich mit der großen Armee der sozialistischen Freiheitskämpfer zu verschmelzen.

Nun, ich hatte meine Freunde mit meiner eigenen Aktivität angesteckt. Und ich wusste sie vielleicht auch zu nehmen. Wir waren im Interesse der Arbeiterklasse immer auf den Posten, einerlei ob morgens in aller Frühe oder spät in der Nacht, und ich war fast immer dabei gewesen.

Ein hektisches Leben.

Und nun saß ich in einem kleinen Raum, in einer Gefängniszelle, 5 mal 3 Meter, und die Stille und Ruhe schlug über mir zusammen. In meiner Vorstellung brauste das Leben immer noch an mir vorbei, aber ich hatte nichts mehr damit zu tun. Ich konnte höchstens 5 Schritte vor und 5 Schritte zurückgehen und über die Vergangenheit nachdenken.

Eine Frage quälte mich unausgesetzt: Das Versagen der deutschen Arbeiterklasse gegenüber dem Faschismus. Manchmal hoffte ich, dass sie noch aufstehen und den Spuk hinwegfegen würde. Die Zellentür würde sich öffnen und …

Aber das war nur eine schwache Hoffnung, mit der ich mich nicht betrügen konnte. Mir war es klar, dass die deutsche Arbeiterklasse verspielt hatte dank der unentschlossenen Führung durch den ADGB und der SPD. Aber auch meine eigenen Genossen konnte ich nicht schuldlos sprechen. Sie hatten unsere Handlungen sklavisch auf die Reaktion der russischen Sektion der kommunistischen Internationale abgestellt. Statt alle Kräfte in der Partei zusammenzufassen, hatten wir uns in vielerlei Organisationen verloren, die vielleicht durchaus zu begrüßen waren, aber die unseren Hauptkampf um die Mehrheit der deutschen Arbeiterklasse für die Revolution doch auch wiederum behinderten. Sie hingen uns wie die Kletten an und verlangten den Einsatz vieler Genossen, die uns in den vordersten Linien fehlten.

Auf einer BL Konferenz in Sielers Festsälen in der Neustadt habe ich meine Sorgen in der Aussprache vorgetragen. Ich verlangte nicht mehr und nicht weniger als ein neues Gesicht und eine eigene Marschroute unserer Partei. Massenorganisationen sind gut und notwendig nach der Eroberung der Macht, um das Volk in seinen verschiedenen Erscheinungsformen zu erfassen. Analog wie sie in der russischen Sektion der kommunistischen Internationalen entstanden waren. Aber in unseren Verhältnissen müssten wir auf eine strake Parteispitze bedacht sein.

Es ist interessant, dass der Genosse Bezirksleiter meinen Diskussionsbeitrag in seinem Schlusswort nicht berührte, obgleich er einen ketzerischen Inhalt gehabt hatte. Nach der Sitzung hatte man mich möglicherweise beschattet. Denn ich saß noch bei einem Genossen zu Gast, der gleichfalls an der Sitzung teilgenommen hatte, als wir verdächtige Geräusche hinter einem Fenster bemerkten. Wir öffneten blitzschnell die Haustür und beobachteten einen Genossen, der mit der Parteiabwehr beauftragt war und sich schnell entfernte. Es war derselbe Genosse, den ich von der Leitung des Stadtteils abgelöst hatte. Einige Tage nach der Verhaftungswelle begegnete er mir. Er wollte mir weismachen, dass die Auseinandersetzung zwischen der Arbeiterklasse und dem Faschismus noch nicht stattgefunden hätte. Zweifellos gab er eine offizielle Auffassung der Partei wieder, deren Stärke es noch nie gewesen war, den Dingen klar und unerbittlich auf den Grund zu gucken. Und zweifellos ist diese Schwäche auch eine der Ursachen für unsere Niederlagen bis auf den heutigen Tag. Die Auseinandersetzung zwischen der Arbeiterklasse und dem Faschismus hat noch nicht stattgefunden. Das stimmte. Aber gleichzeitig hätte man auch erklären müssen: weil sie nie stattfinden wird. Die Faschisten triumphierten. Keiner kann sie jetzt noch aus dem Anzug stoßen.

In der Periode zwischen dem 30. Januar, dem Reichstagsbrand und der damit einsetzenden Verfolgung der KPD-Mitglieder fand eine BL Sitzung statt, die unter bestimmten Vorsichtsmaßnahmen organisiert wurde. Die benachrichtigten Genossen liefen das Sekretariat an und wurden hier jeweils zu zweien zu dem Versammlungslokal in Marsch gesetzt. Sie hatten darauf zu achten, dass sie nicht beschattet wurden. Der Weg, den sie einzuschlagen hatten, war ihnen vorgeschrieben, um eine einheitliche Fährte auszuschließen.

Der Zufall wollte es, dass ich mit dem Orgleiter unseres

Stadtteils weitergeleitet wurde. Wir erreichten das Lokal und hörten uns das Referat unseres Bezirksleiters an. Er sagte uns nichts Neues. Als Aktion empfahl er, Litfaß-säulen anzustecken und Straßenbahnwagen umzu-schmeißen, Aufgaben, die laut Zeitungsmeldungen die Genossen in Köln durchgeführt hatten.

Auf dem Heimweg gingen mein Genosse und ich eine Weile schweigsam nebeneinander her. Uns hatte der Verlauf der Sitzung enttäuscht. Und das mit den Stra-ßenbahnwagen und den Litfaßsäulen…

Das machen wir nicht, sagte der Genosse. Da lass sie sich man andere aussuchen. Wenn sie sonst nichts wis-sen…

Dieser Mann war gegen mich ein alter Parteiha-se. Ich war froh, dass sich unsere Auffassungen begeg-neten. Mit ihm verband mich ein Erlebnis, das ich nie wieder vergessen würde. Es spielte sich in der ersten Zeit meiner Parteizugehörigkeit ab. Wir befanden uns auf dem Heimweg von einer Sitzung, als es schon un-angenehm kalt geworden war.

Richtig kalt heute, sagte er. Hast du keinen Mantel?

Einen Mantel? Ich guckte weg. Nein.

Wir standen vor dem Haus, in dem er wohnte.

Komm mit rauf, sagte er. Ich spreche mal eben mit mei-ner Mutter.

Sie sprachen miteinander. Dann zeigte mir der Genosse 2 Wintermäntel und sagte: Suche dir einen aus. Ich habe zwei. Welchen willst du haben?

Als ich mich zierte, zerstreute er meine Bedenken: Wir sind doch Genossen.

Mir schlug das Herz bis zum Hals. Ich wählte einen Mantel und zog ihn an; er passte mir wie angegossen und wärmte mich gut. Ich war traurig, aber das Glück übermannte mich: Wir sind doch Genossen.

Eine Zelle eignet sich vorzüglich zum Nachdenken. Man meditiert und meditiert und wenn auch nicht viel Gescheites dabei herauskommt, setzt man doch vieles in sich um, was gut und gern mal angerührt werden darf.

Ich hatte in den letzten Jahren ein aktives, politisches Leben geführt. Morgens in aller Frühe hatte ich die von uns beschlossenen Werbeaktionen kontrolliert. Tagsüber und bis in die späten Abendstunden war ich für die Partei beschäftigt gewesen.

Und nun saß ich still am Ufer und die Vergangenheit und die Gegenwart brausten vorbei.

Der Wärter betrat die Zelle, ein kleiner, untersetzter Mann. Wie ich herausbekommen hatte, ein SPD Mann, den man aber umgedreht hatte; nun schwärmte er für die Nazis.

Glauben sie denn, fragte er mich mit einem maliziösen Lächeln, dass sie jemals wieder rauskommen?

Weiß der Teufel, ewig in einer Zelle hocken, gefiel mir gerade nicht. Aber ich nickte zustimmend und erklärte: Wenn die Faschisten sich halten wollen, müssen sie uns alle über die Klinge springen lassen. Oder sie verlieren etwas früher oder später…

Das war meine Auffassung, die mich arg bedrückte. Ich rechnete manchmal geradezu damit, dass die Zellentür aufging und draußen ein Exekutionskommando wartete. Diese dumme Vorstellung machte mir allerlei zu schaffen, doch äußerlich ließ ich mir nichts anmerken, im Gegenteil, ich trug den Kopf hoch und sah aus, als wenn ich morgen im Rathaus die Posten zu vergeben hätte.

Vorübergehend legte man einen jungen Genossen zu mir in die Zelle. Er trug noch die antifaschistische Uniform, aber sein Herz hatte er bereits über die Barrikade den Faschisten zugeworfen. Ich konnte ihm mit den besten Argumenten nicht mehr helfen.

Um das Untersuchungsgefängnis zu entlasten, richtete man für die vielen kommunistischen Gefangenen ein Konzentrationslager ein. Dort brachte man auch den jungen Genossen unter. Seine Bereitwilligkeit den neuen Göttern zu dienen, bewahrte ihn nicht vor den Prügeln seiner Wärter, wie ich im Laufe der Zeit gewahr wurde. In diesem KZ bläute man den Kommunisten ihre Überzeugung ein. Der eine oder der andere mag weich geworden sein: Dem Gros konnte man nichts anhaben und wenn man die Männer noch so drangsalierte. Man ließ sie zum Beispiel zu nächtlicher Stunde antreten und erklärte ihnen: In einer halben Stunde werdet ihr erschossen. Wer noch einen Wunsch hat, kann sich melden.

Ein Genosse meldete sich.

Und?

Ich bitte um einen Stuhl, auf den ich mich hinstellen kann.

Warum? Damit ihr mich alle kreuzweise am Arsch lecken könnt.

Ich war längere Zeit geneigt anzunehmen, dass es sich bei dieser Geschichte möglicherweise um ein Märchen handeln könnte. Doch der Genosse ist vor wenigen Wochen gestorben. An seinem Sarg trauerten seine Arbeitskollegen, deren Interessenvertretung er als Betriebsrat jahrelang vorbildlich wahrgenommen hatte. Bei dieser Gelegenheit kam auch noch einmal der Vorgang im KZ zur Sprache. Die Aufforderung brachte damals die Faschisten um den Glanz ihrer niedrigen Aktion.

Die SA und SS Wärter gingen viehisch mit den inhaftierten Genossen um. Die Tatsache, dass ich unter Anklage stand, und mich im Untersuchungsgefängnis befand, bewahrte mich vor diesen Todesmühlen.

Und dann wurde ich zur Vernehmung geholt.
Auf dem Weg begegnete mir ein Genosse, der einen niedergeschmetterten Eindruck machte. Er war in Moskau auf der Parteischule gewesen und nach seiner Rückkehr in die Bremer Parteispitze eingebaut worden, in der er eine Rolle spielte. Ich war nie besonders mit ihm bekannt geworden, aber sein jetziger Zustand erschreckte mich: Eine Jammergestalt ohne Mut und Hoffnung.
Später wurde ich gewahr, dass er geplaudert hatte. Nicht freiwillig, vermutlich war er harten Repressalien ausgesetzt gewesen. Von dem Augenblick seines Verrats an ging es rapide mit ihm bergab. Zu dem Abscheu mit dem man die Kommunisten ohnehin behandelte, kam dann noch die Verachtung. In dieser Lage holte man dann wohl noch das Letzte aus ihm heraus. Kein Wunder, dass er rein äußerlich wie eine ausgepresste Zitrone aussah.

Seit zwei Tagen bin ich nicht zum Schreiben gekommen. Nur in stillen Gesprächen habe ich weitergearbeitet. Es drängt mich zum Schreiben, weil mir manches einfällt, das ich für aussagewichtig halte. Nun liegen die Unterlagen wieder vor mir. Das Wiederanfangen, das Sich-damit- Beschäftigen kostet mich immer eine Überwindung. Halb bin ich besorgt und halb hoffnungsvoll. Die schriftliche Aussage zieht mich immer wieder in ihren Bann.
Zum Thema:
Der Wärter führt mich in ein schmuckloses Zimmer: Vergitterte Fenster, Sonnenlicht vor den Scheiben. Zwei

Herren begrüßten mich freundlich. Sie hatten mich 5 Tage in Unwissenheit schmoren lassen; nun rechneten sie wohl mit einem guten Ergebnis.

Ich bedankte mich für die freundliche Nachfrage nach meinem Ergehen und war gespannt, was man von mir wissen wollte. Meine Aussagen lagen sauber aufgezogenen Perlenschnüren gleich in meinem Kopf.

Zunächst ließ sich auch alles ganz nett an. Woher und wohin? Ich erzählte:

Ich bin an dem fraglichen Morgen mit meinem Arbeitsgerät…

Halt, sagte der eine Beamte, jetzt haben wir sie. Hinrichs, so hieß mein Genosse, hat erzählt, dass die Maschinen in der Bude gewesen wären.

Ich wiederholte: Mit meinem Arbeitsgerät, mit den Matrizen, den Bogenunterlagen und den Ziseliergriffeln in die Gartenlaube…

Mir war ein Stein vom Herzen gefallen. Wenn Hinrichs ausgesagt hatte, dass die Maschinen bei ihm gewesen waren, dann brauchte ich das nicht abzustreiten. Das Schicksal der Maschinen, ihr Vorhandensein oder ihr Verbleiben ging mich nichts an.

Alles in allem: Ich zog mich bei dieser Vernehmung tadellos aus der Affäre. Was die Herren wussten, sagte ich ihnen. Alles andere blieb in mir verborgen.

Das Material für die Zeitung erhielt ich von einem Boten.

Und Sie wissen nicht, wer das war?

Nein, bedenken Sie meine Herren, ich lebte illegal. Meine linke Hand durfte nicht wissen, was meine Rechte tat oder erhielt. Das müssen Sie mir abnehmen.

Man nahm es mir ab.

Ich unterschrieb das Protokoll.

Es ist vielleicht interessant, hier festzuhalten, dass ich bis zur Gerichtsverhandlung nicht wieder vernommen wurde.

Der Prozess aber fand erst im Oktober 1933 statt und augenblicklich quälte ich im März den Tag und die Nacht zu Ende. Der Wärter betrat in bestimmten Zeitabständen die Zelle und erklärte mir, dass ich wohl nie wieder das helle Tageslicht sehen würde. Er freute sich wohl über mein Gesicht. Als SPD Mitglied stand er auf der Abschussliste aus seiner Beamtenlaufbahn. Ein schneller Übertritt zur NSDAP bewahrte ihn vor seinem Schicksal. Nun spielte er sich vor mir mit seiner neuen Würde auf: Ein ekelhafter Kerl!

Trotz der niederschmetternden Aussicht für immer in einer Zelle zu sitzen, ertappte ich mich dabei, dass ich von Freiheit träumte. Von Fluchtmöglichkeiten oder von Befreiungsaktionen durch meine Genossen, von einer erfolgreichen Gegenrevolution.

In meinen Träumen war ich frei. Doch wenn ich aufwachte und das Schlüsselklirren hörte, packte mich manchmal das schauerliche Elend.

Zum Teufel, ich war ein Freiheitskämpfer. Eine Gefängniszelle war für mich ein Martyrium.

Wenn ich zurückblickte, wunderte ich mich, wie schnell und leicht die Zeit verging. Die eine Woche reihte sich an die andere, und weil nichts geschah, gab es auch keine Anhaltspunkte oder Merkmale, an die man sich erinnern konnte. Die Tage reihten sich wie nichts aneinander und waren vorbei.

Nachdem ich einige Monate in Einzelhaft verbracht hatte, legte man mich mit einem Fahrraddieb zusammen.

Der Mann war genauso alt wie ich, hatte aber von seinen 28 Jahren mindestens schon 8 Jahre in Gefängnissen und Zuchthäusern gesessen.

Nach vielen Gesprächen lag sein Lebensschicksal offen vor mir: Gutbürgerliche Familie. Gestrauchelt. Vorbestraft. Ausgestoßen. Neue Straftaten. Neue Strafe. Ein Verbrecher. Nun erst recht. Neue Strafen. Es ist immer dasselbe, wenn man erst auf diesem Weg ist…
Der Mann war nicht dumm. Die vielen Gefängnisjahre hatten ihn belesen gemacht. Aber sein ganzes Denken und Trachten drehte sich nur um den einen Punkt: Die Gesellschaft hat mich zu dem gemacht, was ich bin. Wie kann ich sie schädigen? Was für Verbrechen begehe ich nach meiner Entlassung?
Ich weiß nicht, ob man den Mann zu mir in die Zelle gelegt hatte, um mich auszuhorchen. Wahrscheinlich nicht. Es wäre auch nutzlos gewesen. Mein Mitgefangener konnte mich nicht für seine Verbrecherlaufbahn begeistern. Andererseits gelang es mir, ihn in seiner verderblichen Laufbahn zu bremsen und umzukehren. Sein Kampf gegen die herrschende Klasse war auch mein Kampf. Er bemühte sich, sie zu schädigen, indem er sie bestahl und begaunerte. Ich war für ihren politischen Sturz eingetreten, um sie zu entmachten.
Dieser Unterschied blieb auch meinem Zellengenossen nicht verborgen. Er sagte: Ja, du! Und ließ durchblicken, dass ich Recht hatte.
Und du, erklärte ich ihm, du bist verrückt. Du denkst dir neue Verbrechen aus. Und nach deiner Entlassung schnappen sie dich wieder. Und der Staatsanwalt triumphiert: Einen elenden unverbesserlichen Burschen haben wir hier vor uns. Am besten ist es, wenn wir ihn für immer einsperren. Dann kann er uns nicht mehr schädigen. Und das ist vielleicht eines Tages dein Schicksal. Vielen Dank.
Er nickte.
Weißt du, wenn du die herrschende Klasse ärgern

willst, dann musst du so leben, dass sie dir nicht mehr an den Wagen fahren können. Dann triffst du sie. Das sollte meine Rache sein. Dafür musst du dich stark machen. Der Mann wurde für seine Fahrraddiebereien zu 15 Monaten Gefängnis verurteilt. Er kam raus, arbeitete, heirate und ist heute ein angesehener Familienvater mit Kindern und Kindeskindern. Ich habe noch vor einigen Monaten mit ihm gesprochen. Er ist als Pfleger in einem Krankenhaus tätig. Wir stimmen noch heute in unserem gesellschaftlichen Kampf überein. Die Saat hat Früchte getragen.

Vielleicht darf ich das annehmen. Es ist auf jeden Fall bemerkenswert, dass ein Gauner seinem Metier untreu wird und sich zu einem ordentlichen Bürger entwickelt. Er selbst hat vermutlich viel Spaß daran gehabt, denn wo man ihm auch in die Quere kam, nach dem Motto: Siehe, ein Vorbestrafter! Hat er sich anklägerisch gewehrt und wenn es sein musste, hat man ihm dann auch geholfen.

Persönlich erging es mir durchaus nicht so einfach wie meinem damaligen Zellengenossen. Wenn ich zurückblickte, trat mir in meiner Person ein Mensch gegenüber, der voller Ideale steckte und dementsprechend handelte. Es erschütterte mich bis in die Grundfeste, dass nach einigen Monaten Haft von meinem Idealismus nichts mehr übrig geblieben war als ein entlaubter Mensch, der streng nach dem Woher und Wohin fragte.

So stand ich mir nun gegenüber, traurig über den Verlust: Die unbedingte Bereitschaft für mein Ideal einzutreten, war unwiderruflich dahin. Ich konnte wohl nur alleine ermessen, was ich verloren hatte. Die Tränen kamen mir oft in die Augen, wenn ich daran dachte. Zum Teufel, was waren wir doch für anständige Menschen gewesen!

Mitte Juli 1933 trat ein Ereignis ein, das mich außerordentlich erschütterte. Am Tag meines Geburtstages lieferte mir die Leitung des UG ein Paket aus, das hilfreiche Genossen für mich abgegeben hatten. Dieses Paket erhielt vielerlei gute Sachen, die geeignet waren, mich zu trösten und zu stärken: Kekse, Schokolade, Fettigkeiten, Kuchen und sonstige rare Artikel, die es im Leben eines mittellosen Gefangenen nicht alle Tage gibt. Aus den Herkunftszeichen und den Verpackungsmerkmalen der einzelnen Artikel sah ich, dass die Kaufleute meines Stadtteils die Spender des Paketinhalts gewesen waren. Immerhin, den Hauptanteil an dieser Gabe hatte die Genossin, die für mich alles in die Wege geleitet hatte. Sie war die Mutter einer großen proletarischen Familie, für mich gleichsam die Mutter des Proletariates. Man konnte zu ihr kommen, wann man wollte: Sie hatte immer einen Teller Suppe bereit oder ein Butterbrot. Keiner klopfte vergeblich an ihrer Tür.

Obgleich sie selbst unter den Verfolgungen der Faschisten, wie man sich wohl denken kann, viel zu leiden hatte, kümmerte sie sich trotzdem um alle verfolgten Genossen unseres Stadtteils. Sie suchte die Angehörigen auf und leitete mit ihnen zusammen Hilfsmaßnahmen für die Inhaftierten ein oder sorgte dafür, dass die zurückgebliebenen Familienangehörigen zu ihrem Recht kamen.

Eine resolute Proletariermutter konnte auch zu der damaligen Zeit der Kommunistenverfolgung viel Gutes stiften. Sie richtete die Hoffnungslosen auf und ging, wenn es sein musste in die Höhle des Löwen, um für ihre Leute einzutreten.

Sidonie Reichel, dir möchte ich an dieser Stelle ein kleines Denkmal setzten für deinen unerschütterlichen Glauben an den Sieg der Arbeiterklasse über den Faschismus. Du hast ihn nicht erlebt. Eine tückische Krankheit riss dich aus unserem Kreis. Doch wir denken oft an dich, wir, die Kinder des Proletariats, die du unter deinen Fittichen großgezogen und befähigt hast, den Kampf gegen die Klassenfeinde zu führen.

Das Geburtstagspäckchen war gleichermaßen eine Bestätigung für den guten Kampf, den wir geführt hatten und für unsere Solidarität. Die Augen gingen mir über, wenn ich das alles bedachte. Welche Mühe hatten die Genossen aufgebracht, um solch ein Paket zustande zu bringen. Und was bewog die Spender – angesehene Kleinkaufleute und Handwerker – zu ihren Gaben für die Antifaschisten, die man von früh bis spät in allen Radio- und Pressemitteilungen als die erbärmlichsten Ausgeburten des Volkes ja, der Menschheit hinstellte. Ach, wie viele alte ehrliche Kämpfer hatte man doch mit den übelsten Methoden für alle Zeit geschändet. Wenn ich persönlich auch wohl noch das Recht hatte, den Kopf hochzutragen – ich war bislang immer gut davongekommen – so begegnete ich mir doch oft mit Reue, wenn ich daran dachte, was ich einmal gewesen war: Ein bedingungsloser Kämpfer für eine bessere Welt! Du liebe Zeit, und wie hatte ich unsere Fahne hochgehalten, und wie begeistert und ernst war ich ohne Rücksicht auf mich selbst für sie eingetreten. Ich sah mich förmlich, wie ich dahinschritt…
Und was nun?
Nun stand ich am Rand, ernüchtert, nicht ganz ohne Zweifel, vielen Einflüsterungen ausgesetzt: Ein Verstandesmensch, der abwog, was richtig und falsch ist. Ach, was war ich doch im Grunde für ein elender

Mensch geworden gegenüber der Zeit vor meiner Verhaftung. Ich war erschrocken über meine Entwicklung und konnte nichts dagegen tun. Die Gegenwart war stärker als die Vergangenheit.

Der Faschismus aber triumphierte. Er zerschlug die Reihen der antifaschistischen Kämpfer. Das UG war überfüllt. Nachdem die faschistische Verwaltung sich bereits einmal Luft gemacht hatte, indem sie die Schutzhäftlinge in die Konzentrationsläger einwies, ging sie nun dazu über, die Häftlinge mit geschlossenen Voruntersuchungen in das stillgelegte Frauengefängnis in Oslebshausen zu verlegen.

Eines Tages hieß es: Fertigmachen. Sie werden verlegt. Unwillkürlich fragte man sich: Was haben die Faschisten vor? Wollen sie uns liquidieren? Oder weshalb wollen sie uns verlegen? Ein Wärter mit dem sich im Laufe der Zeit eine Art Vertrauensverhältnis hergestellt hatte, klärte mich auf: Bis zur Hauptverhandlung, die in Hamburg vor dem Oberlandesgericht stattfindet, werdet ihr in Oslebshausen im ehemaligen Frauengefängnis untergebracht. Eure Bewacher sind SA-Männer. Mehr weiß ich auch nicht.

Dann ging die Reise ab mit der grünen Minna. Wir beobachteten unsere Einfahrt durch ein großes Tor und erhielten den Befehl auszusteigen. Links und rechts von unserem Weg standen Gummiknüppel schwingende SA Männer.

Auf diese Weise erfolgte der Empfang in unserer neuen Unterkunft. Ich bekam eine Einzelzelle. In dem Raum stand eine Metallbettstelle, die ich im Laufe meines Aufenthaltes in diesem Haus mittels Spucke silberblank putzte. Und das einzig und allein, um der Eintönigkeit zu entgehen, denn Arbeit gab es für die Inhaftierten nicht. Und auch keine Lektüre. Sie saßen im Käfig und konnten sehen, wie sie mit sich fertig wurden.

Nachts dröhnten die SA-Wachen durch die Etagengänge des Gefängnisses. Der Widerhall der Nägel beschlagenen Stiefel auf den eisenbestückten Treppen und Gängen war groß. Doch dieses Martyrium hörte nach einigen Tagen auf, weil einige beherzte Häftlinge sich beschwert hatten. Ich war auch nicht mundfaul geblieben, doch den Ausschlag für die Einstellung des Martyriums gab wohl der Genosse Albert Krohn, der sich mutig für die Belange seiner Mitgefangenen einsetzte.

Die Gefangenen wurden hier genau wie im UG täglich eine halbe Stunde an die frische Luft geführt. Die Aufsicht führte ein SS-Mann, der die Häftlinge im Laufschritt über den Hof traben ließ. Das war für die seit Monaten inhaftierten Menschen eine nicht geringe Anstrengung, der sie auf Dauer einfach nicht gewachsen waren.

An dem Morgen, an dem ein Polizeiinspektor der Gefängnisverwaltung über den Platz ging, während die Gefangenen ihre Runden abliefen, brach Albert Krohn aus den Reihen aus und lief auf den Beamten zu, den er ersuchte, doch ab sofort für eine Abänderung des unmöglichen Zustandes zu sorgen. Der Inspektor wies unseren Genossen zurück, doch Albert Krohn ließ sich nicht entmutigen. Er trat für seine Mithäftlinge ein und die Hetzjagd der SS wurde eingestellt.

An einem trüben Septembertag erfolgte unsere Überführung in das Hamburger UG. Wir wurden in ein Gefangenentransportauto verladen. Jeder Fahrgast erhielt eine Zelle für sich und konnte von der Welt durch die er transportiert wurde, nur wenig erkunden.

Gegen Abend trafen wir in Hamburg ein. Ich wurde in eine Zelle gelegt, in der sich bereits ein Häftling befand. Wir beschnüffelten uns eine Weile. Er hieß Dabelstein und kämpfte um seinen Kopf. Als ehemaligem Funktionär des verbotenen roten Frontkämpferbundes setzte man diesem Mann böse zu. Man fuhr ihn durch das Land, um Auskünfte über Waffenlager usw. zu erhalten. Er versuchte, über die Runden zu kommen. Er sagte mir: Kopf gewonnen, alles gewonnen. Doch wie man mir später zutrug, wurde er zum Tode verurteilt. Wir waren nur eine Nacht zusammen. Am nächsten Morgen wurde ich auf eine andere Zelle verlegt. Nun saß ich mit einem Zuhälter und einem Rauschgifthändler zusammen. Als ich den Herren meine Anklageschrift zu lesen gegeben hatte, wollten sie für meinen Kopf nicht einen Pfennig mehr riskieren. Doch so schlimm sah ich meine Lage nicht an. Den Kriminellen allerdings räumte man eine Vorzugsstellung gegenüber den Politischen ein. Auch das gehörte zum Faschismus.

Im Übrigen ging es im Hamburger Untersuchungsgefängnis ganz ordentlich zu. Es gab anständig was zu essen. Jeden Sonnabend wurden die Fenster geputzt. Die Politischen nahmen das zum Anlass, einem Wahrzeichen der „Roten Hilfe" folgend, durch die Gefängnisgatter zu winken. Ihr Gruß galt dem Gefangenen Andree, der ihn auf gleiche Weise erwiderte. Dieser Genosse stand unter einer schweren Anklage und musste mit einem Todesurteil rechnen. Die Faschisten hatten ihm im Laufe der Untersuchung schon fast alle Knochen im Leib gebrochen; er aber war standhaft geblieben und zu einem Symbol der antifaschistischen Kämpfer geworden.

Über unseren Prozess, der am 24. Und 25. Oktober stattfand, gibt es nicht viel zu berichten. Mein Offizialverteidiger, der mich einmal kurz gesprochen hatte – er sagte mir bei dieser Gelegenheit, dass er für meine Verteidigung RM 60 erhielte, was ich achselzuckend zur Kenntnis nahm.- hielt meine Verurteilung für berechtigt. Ich wurde zu 2 Jahren Gefängnis verurteilt. Meine Mitangeklagten erhielten 1 ½ Jahre Gefängnis. Wir waren im Großen und Ganzen billig davongekommen und nahmen das Urteil an.

Am nächsten Morgen forderte man uns auf, unsere Sachen zu packen. Gemeinsam mit meinen Genossen landete ich in einer Abgangszelle des UG. Um die Spazierstunde ließ man uns auch hier auf den Hof. An einem Kellerfenster entdeckte ich den Genossen Nickel, den früheren Organisationsleiter der KP Weser-Ems. Er war auf der Flucht vor den Faschisten nach Hamburg, seiner Heimatstadt, gekommen und hier von einem Mann namens Kaiser und dessen Sekretärin verraten und verkauft worden. Kaiser spielte bis zur Machtübernahme durch die Faschisten eine wichtige Rolle in der Hamburger kommunistischen Partei. Sein Name erinnerte mich an ein Telefongespräch, das der Genosse Nickel in Bremen mit Kaiser in Hamburg geführt hatte und dessen Ohrenzeuge ich geworden war. Die Beiden hatten sich wie alte Parteifreunde miteinander unterhalten.

Nach der Machtübernahme entpuppte Kaiser sich als faschistischer Agent. Er wurde politischer Polizeikommissar und lieferte unzählige Genossen dem Henker aus. Mit Nickel war ihm ein guter Fang gelungen. Wie man mir erzählte, soll eine Frauengeschichte die entscheidende Rolle dabei gespielt haben. Kaisers Sekretärin hatte Nickel in eine Bettgeschichte verwickelt und reingelegt.

Schade, der Genosse hatte etwas los. Er war ein begabter Organisator, der die Menschen und Dinge aus dem Handgelenk bewegte. Für ihn gab es keine Probleme. Er brachte alles in die Reihe. Mit einer kurzen Anweisung und einem Scherzwort.

Die Faschisten schleppten ihn durch die KZ. Und eines Tages ging er drauf. Vielleicht bei einer Bombenentschärfung. Konkretes habe ich nie erfahren. Man sprach nicht über diesen Mann, der trotz aller guten Eigenschaften viel Schuld auf sich geladen hatte.

Jetzt, an diesem frischen Oktobermorgen, an dem ich in einem großen Kreis verurteilter Gefangener im Gefängnishof spazieren ging, winkte er mir zu. Er wollte Näheres wissen, und ich informierte ihn durch Stichworte über unsere Verhaftung in Bremen und unsere Verurteilung in Hamburg. Er nickte nachdenklich. Vielleicht bedauerte er es auch, dass er mich nie für so ganz echt gehalten hatte. Mir hatte er immer imponiert, ein Organisator, der auch die schwierigsten Aufgaben und Situationen meisterte , doch gegen den Verräter Kaiser, dem er vertraute, konnte er wohl nicht an. Das tat mir innerlich leid. Ein Mitleid, das ich für alle empfand, die den Faschisten mit oder ohne Absicht Vorschub geleistet hatten. Das letzte, was ich von dem Genossen Nickel sah, war seine geballte Faust, unser alter Kämpfer, die ich andeutungsweise erwiderte.

Wir waren verurteilte Gefangene. Noch mehr: Politisch Verurteilte. Wir mussten abwarten, was man mit uns machen würde.

Jeden Mittag beobachteten wir, dass Gefangene im Laufschritt einen Handwagen über den Gefängnishof zogen. Das sind welche aus dem KZ, klärte uns ein Kalfaktor auf. Die holen Essen. Alles im KZ Fuhlsbüttel spielt sich im Laufschritt ab. Oder sie schlagen dich zusammen. Sie haben auch schon welche totgeschlagen.

Es ist noch nicht lange her, da kamen diese Tatsachen durch einen Prozess gegen den Faschisten Dusendschön zur Sprache. Der Herr KZ Kommandant wurde von der Mordanklage freigesprochen. Sie blieb aber dennoch an den KZ-Helden haften als eine Erinnerung an eine große Zeit, in der sie die Herren waren über wehrlose, politische Gefangene. Wie gesagt: Alles spielte sich im Laufschritt ab: das Essenholen, das Martyrium und das Totschlagen. Und auch der Freispruch: Mangels Beweise. Es ging wirklich alles ganz ordentlich zu.

Nun, uns hat man in Fuhlsbüttel kein Haar gekrümmt. Wir wurden nach einigen Tagen in den Zentralbau verlegt. Wenn ich mich nicht irre, war es der B-Flügel. Man brachte uns in Einzelzellen unter, die im Keller lagen, ganz ordentliche Räume, fließend Wasser, Spülklosetts usw.

Ich weiß nicht, woher ich die Nachricht bekommen hatte, aber die Wände sprachen ja manchmal in solchen alten Zuchthausmauern. In diesem Teil des großen Gefängnistraktes lagen Stockwerk über Stockwerk und Zelle neben Zelle nur politisch Verurteilte. Und jeder hatte 15 Jahre auf dem Ast. Oder – um in der Ganovensprache zu sprechen: Ein Pensum.

In der politischen Auseinandersetzung mit den Faschisten war es in der Zeit vor der Machtübernahme oft heiß hergegangen. Es waren auf beiden Seiten Schüsse gefallen und Opfer zu beklagen. Diese Vorgänge gelangten jetzt natürlich einseitig zu Gunsten der Faschisten zur Aburteilung. Wem man das Geringste nachweisen konnte, den verurteilte man zum Tode. Alle anderen erhielten 15 Jahre Zuchthaus. Wer zu der Zeit der Tat in der Nähe gesehen worden war, wurde verurteilt.

15 Jahre Zuchthaus – ein hartes Los! Persönlich kam man sich wie ein Waisenknabe vor, der nichts zu beanstanden hatte. Wenn ich auf meinem Schemel stand, konnte ich den Gefängnishof übersehen. Während des Spazierganges gingen die Verurteilten hintereinander im Gänsemarsch her. Sie versuchten sich zu verständigen, was streng verboten war. Wortfetzen flatterten von Mann zu Mann. Ich hörte: Uns haben sie verraten und verkauft.

Verraten und verkauft!

Und sie trugen ihre Last, jeder für sich, 15 Jahre. Ohne Pardon. Und vielleicht ohne den Beweis einer Schuld. Du bist Kommunist. Also bist du schuldig.

Diese Männer trugen ihr Los mit der Hartnäckigkeit ihrer Klasse. Sie klagten, aber sie beklagten sich nicht. Und vor allen Dingen: Sie behielten ihren Stolz. Einige wurden weich und packten aus. Sie glaubten durch Verrat ihre Lage zu verbessern. Zu der Verurteilung durch die Faschisten kam die Verachtung durch ihre eigenen Genossen: Keiner sprach mit ihnen. Sie waren ausgestoßen aus der Gemeinschaft der politischen Gefangenen.

Ich weiß nicht mehr durch wen und auf welche Weise, auch ich wurde in meiner einsamen Zelle vor ihnen gewarnt. Ja, man machte mich auf einem sonntäglichen Kirchgang auf einen Mann aufmerksam, der seine innere Kraft verloren hatte. Er ging geduckten Kopfes durch die Reihen der Gefangenen. Mir tat der Mann von Herzen leid. Seine Spekulation, sich freizukaufen, war missglückt. Nun trug er doppelte Strafe: 15 Jahre Zuchthaus und die Verachtung seiner Genossen.

Anfang November 1933 wurden die Männer unserer Verurteiltengruppe in einem fahrplanmäßigen Gefangenentransportauto nach Vechta im Oldenburgischen transportiert. Damit waren wir am Anfang unserer Strafverbüßung angelangt. Wir kamen zunächst in Einzelhaft, mussten Strohmatten flechten und reihten den einen Tag an den anderen.

Nach einigen Monaten bekam ich eine Zelle in einem der oberen Stockwerke unseres Gefängnisflügels. Ich hatte einen wunderschönen Blick über die kleine Stadt. Nur durfte ich mich nicht am Fenster sehen lassen, denn das Ausschauen war nicht gestattet. Man musste sich in respektvoller Entfernung von der Glasscheibe aufhalten. Und das, obgleich sich die Stadt mit ihren Häusern und Gärten vom Frühling einfangen ließ.

Aber nicht nur der Frühling war es, der den Gefangenen erregte. Einmal im Monat öffnete sich eine Tür des Torgebäudes und eine junge Frau schritt über den Hof auf das Gefängnis zu: Eine richtige Frau mit allem Drum und Dran. Die Frau eines Mitgefangenen.

Mir ging es durch und durch, wenn ich sie sah. Noch nie war mir eine Frau begehrenswerter erschienen als sie. Ich sah die Gestalt – ein Traum von einer Frauengestalt – ihr Schreiten, ihr Gesicht, ein Lächeln, ein Winken – vielleicht winkte sie ihrem Gefährten zu, einem Arzt, den man in dem großen Gebäude eingesperrt hatte. Das Bild saugte sich in mir ein. Ich lebte davon. Es belebte mich: Eine schreitende Frau über den Hof eines Männergefängnisses…

Nur einmal im Monat. Aber ich achtete intensiv auf das Klicken des Tores. Und als ich wieder einmal aus dem Fenster guckte, sah ich zwei Beamte der Bremer politischen Polizei über den Hof schlendern. Etwas später öffnete der Verwalter des Gefängnisses persönlich meine Zellentür und erklärte: Folgen Sie mir. Sie werden umgekleidet und zu einer Vernehmung nach Bremen abgeholt.

In der Zentrale standen die Beamten. Sie grüßten freundlich. Mir wurden aus der Kleiderkammer meine Zivilsachen vorgelegt. Ich zog mich an und ab ging die Reise in einem Mercedes nach Bremen.

Diese Fahrt habe ich zu Anfang meiner Äußerungen beschrieben: Frühling, Sonne, Wiesentäler. Mir gingen die Augen über. Und das, obgleich mir das Herz schwer war, denn was wollte man von mir?

In Bremen legte man mich mit einem Haufen Strauchdiebe in eine Massenzelle. Meine Mitinhaftierten sangen das Lied von der Lore und den schönen Mädchen von 17/ 18 Jahren. Von mir rückten sie etwas ab - das Politische war ihnen wohl zu gefährlich - sie räkelten sich im faschistischen Fahrwasser.

Meine anfängliche Befürchtung, dass man mich möglicherweise der SA zur Vernehmung übergeben könnte, das heißt: Folterung, Martyrium, Zusammenschlagen. Vielfach hatten die Faschisten meine Genossen mit dem Gesicht zur Wand gestellt und einem Erschießungskommando befohlen: Laden! Die Gewehrschlösser klapperten. Legt an! Feuer! Eine Tortur, die man wohl kaum ohne Schaden übersteht. Derartige Vorkommnisse spielten sich in den ehemaligen Räumen der kommunistischen Partei am Buntentorsteinweg ab. Auf diese Weise wurden Aussagen erpresst. Nein, ein gutes Geschick bewahrte mich vor diesen Ungeheuerlichkeiten.
Mich vernahm ein Untersuchungsrichter. Er fragte

mich, ob mir das Lokal „ Die Finkenbude" bekannt wäre.
Finkenbude? Ich schüttelte den Kopf.
Die Finkenbude war das Lokal gewesen, in dem man die letzte illegale Sitzung abgehalten hatte.
Um die Vernehmung voranzutreiben, las der Richter die Aussage eines Versammlungsteilnehmers vor. In dieser Aussage wurden auch Namen genannt. Genaue Namen aber nicht. Statt meines Namens war von einem gewissen Förster die Rede. Mit Förster hatte mich immer ein ehemaliger Rotfrontkämpfer namens Winter angeredet. Ich wusste, dass er umgefallen und Verrat geübt hatte. Ob freiwillig oder unter Zwang wusste ich nicht. Ich kannte weder die Finkenbude, noch hatte ich an einer Versammlung in diesem Lokal teilgenommen.
Aber als politischer Leiter ihres Stadtteils sind sie doch zu den BL-sitzungen hinzugezogen worden, warf mir der Richter vor.
Satzungsgemäß ja, gab ich zu, aber...
Ich zuckte mit den Schultern.
... aber vielleicht besaß ich nicht mehr das Vertrauen der BL-Leitung. Ich wurde als politischer Leiter unseres Stadtteils nicht von oben eingesetzt, sondern von der Mitgliederschaft vorgeschlagen und gewählt. Es ist möglich, dass man mich aufgrund dieser Tatsache und in Anbetracht der angespannten Lage von dieser Sitzung ausgeschlossen hat.
Nachdem ich dem Richter meine organisatorischen Schwierigkeiten als freigewählter politischer Leiter eines Bremer Stadtteils erklärt hatte, unterschrieb ich ein Protokoll, das mich aus einer leidigen Angelegenheit, die möglicherweise meinen Kopf gekostet hätte, ausließ.
Auf der Sitzung in der Finkenbude ging es bekanntlich um einen handfesten Aufstandsbeschluss: Das Umwer-

fen von Straßenbahnwagen und das Anstecken von Litfaßsäulen. Wenn mein Genosse und ich uns diesen Beschluss auch nicht zu Eigen gemacht hatten, so wäre es uns trotzdem unter Umständen teuer zu stehen gekommen.

Und dann saß ich wieder im Vechtaer Männergefängnis und flocht Matten. Neben mir stand ein Genosse, der Budenbesitzer, in dessen Gartenhaus ich die letzte Ausgabe der illegalen Arbeiterzeitung hergestellt hatte. Das war ein großer vierschrötiger Mann, ein Ostfriese, eine Figur wie Hindenburg, schweigsam, fast stumpfsinnig. Er hatte in seinen jungen Jahren eine Brandstiftung begangen und dafür 5 Jahre Zuchthaus verbüßt. Und zwar im gleichen Haftgebäude, in dem er jetzt saß. Und eines Tages war ihm der Ausbruch aus diesem festen Haus gelungen.

Während man ihn zu Beginn seiner Zuchthausstrafe zunächst angekettet hatte – beim Spaziergang auf dem Hof musste er eine schwere Eisenkugel, mit er durch eine Kette verbunden war, tragen - gelang es ihm durch gute Führung einen Sonderposten zu erhalten. Seine Arbeit verhalf ihm zu einer Fluchtmöglichkeit, die er - kettenfrei- ausnutze. Doch er kam nicht weit. Zwei Bauernjungen entdeckten ihn in einem Kornfeld.

Sie stritten sich, ob sie ihn abliefern sollten oder nicht. Der eine wollte es wohl und der andere wollte es nicht. Doch die Fangprämie von 20 Mark, die auf dem Kopf eines Flüchtlings stand, gab den Ausschlag. Sie nahmen ihn mit und lieferten ihn bei dem nächsten Landgendarm ab.

Und dann kamst du hierher zurück?

Ja, sie begrüßten mich freundlich und fragten, wie es mir ging. Und dann steckten sie mich in eine Kellerzelle und obendrein noch in einen Käfig. Ich lag vier Wochen auf einer Holzpritsche bei Wasser und Brot. Jeden dritten Tag gab es warmes Essen und eine weiche Unterlage. Überdies schmiedete man wieder eine Kette mit einer Kugel an mein Bein. Ich trug sie bis zum Ende meiner Haft, die ich bis zur letzten Stunde absitzen musste.

Kette und Kugel. Angeschmiedet. 20. Jahrhundert. Ein junger Mensch. Eine unbedachte Tat.
Mir wurde schlecht, wenn ich daran dachte. Was für eine Gesellschaft! Und neben mir stand ihr Opfer, mundfaul stumpfsinnig und einzig belebt, wenn wir auf seine damalige Flucht zu sprechen kamen, von der es sich jede Einzelheit eingeprägt hatte und die er plastisch zu erzählen verstand.
Das langt aber als Unterhaltungsstoff für zwei Menschen, die Tag für Tag aufeinander angewiesen sind, nicht aus. Andere Gesprächsversuche blieben im Anfang stecken oder verhedderten sich in Missverständnissen. Wir wurden einander so über, dass wir froh waren, dass man uns eines Tages auseinanderlegte.
Mein nächster Mitgefangener war ein junger Berliner, der einer gutbürgerlichen Familie entstammte. Der Vater: Musikschriftsteller. Der Sohn: Schriftsetzer mit Ambitionen für die Bildhauerei. Als Kind hatte er ein Bein verloren. Durch Neigung und Einsicht – die Buchdrucker gehörten früher zu dem aufgeklärtesten Teil der Arbeiterschaft – war er Revolutionär geworden. 1933 wegen Vorbereitung zum Hochverrat verhaftet, hatte man ihn durch mehrere KZ geschleift. Unter anderem war er in Brandenburg an der Havel gewesen, wo er dem Genossen Erich Mühsam begegnet war. Hier hatte er auch andere prominente Genossen kennengelernt –– alles Erlebnisse, die ihn stark berührt hatten, die er gut wiederzugeben wusste.

Wir haben Tag und Nacht durchdiskutiert. Wir haben englische Sprachstudien betrieben. Wir haben uns stundenlang mit dem Anstaltspfarrer unterhalten, einem jungen Menschen, der unsere Haltung achtete und dessen Haltung wir auch achteten.

Leider trennte man uns eines Tages. Ich wurde in den Keller des Gebäudes verlegt. Der Leiter der Anstalt hatte mich am Fenster erkannt. Das ging gegen die Ordnung. Wie konnte ich nur dagegen verstoßen! Wenn ich jetzt aus dem Fenster guckte, sah ich gegen die Mauer. Und wenn ich hochguckte, erblickte ich bestenfalls ein Stückchen Himmel.

Wenig Sonne. Wenig Licht.

Die Sicht ging mir an die Gräten, zumal ich einen Kameraden verloren hatte. Stattdessen bekam ich einen Mann zum Kollegen, für den ich am Tage meiner Verhaftung eingesprungen war, um die illegale Zeitung termingerecht herauszubringen und ihn zu entlasten. Dieser gute Mann hatte als Gesellschafter nicht viel zu verkaufen. Er war im Grunde noch stumpfsinniger als mein erster Zellenkamerad. Praktisch hatten wir uns nichts zu sagen; jedes Gespräch blieb im Animalischen haften. Unterhaltungen über den Inhalt eines Buches rekapitulierte er ungefähr wie folgt: Sie wollte natürlich was vor die Hose haben und er hat sie denn ja auch geknallt. Na, klar, und dann kriegte sie 'n Gör ...usw. Er übersetzte jedes Thema in seine Auffassungen und legte sich in den Arbeitspausen und nach Feierabend auf den Boden der Zelle und schlief. Du liebe Zeit, der Mann verschlief mehr als die Hälfte seiner Haft. Er wurde auch, als er sie verbüßt hatte, nicht entlassen, sondern weiter in Schutzhaft behalten. Er soll dann auch eines Tages im KZ umgekommen sein. Jedenfalls ist er nach dem Krieg nicht wieder aufgetaucht. Viel-

leicht hatte er aber auch keine Ursache dazu, denn der
Verdacht besteht noch, dass er in dem Augenblick als
seine Genossen ihn zu entlasten versuchten, alle Einzelheiten seiner politischen Tätigkeit - zumindest fahrläs-
sig gegenüber einem Zellenspitzel - verraten hat.
Nichtsdestoweniger, wenn die Faschisten ihn umge-
bracht haben, was ich nicht für ausgeschlossen halte,
mein Memorandum, meine Anteilnahme.
Wir wurden wieder auseinander gelegt, weil ich einen
Antrag auf Einzelhaft gestellt hatte. Gemäß Hausordnung war es mein Recht, Einzelhaft zu beanspruchen.
Man kam diesem Antrag nach. Ich saß wieder allein in
meiner Zelle, befreit von diesem engstirnigsten aller
Menschen, die mir bisher begegnet waren. Seinen Anblick konnte ich nicht mehr ertragen, geschweige denn
seine Gegenwart. Wenn er den Mund aufmachte, bekam
ich Unrat zu hören und selbst sein Schweigen legte sich
mir beklemmend um den Leib.
Einzelhaft.
Das machte mir nichts aus. Ich sagte mir: Besser allein in
der Zelle als mit solch einem Menschen zusammen. Ich
war froh, dass ich die Luft nicht mehr mit ihm zu teilen
brauchte.

Die Tage vergingen monoton, gleichbleibend. Als ich
eines Morgens in den Spiegel guckte, starrten mich zwei
übergroße Augen an. Ich erschrak über mein Gesicht.
Eine Stimme fragte mich: Was ist mit dir los? Bist du
krank?
Ich guckte aus dem vergitterten Fenster und sah die
Mauer und erschrak. Diese Mauer und immer wieder
diese Mauer. Und wenn ich aufblickte: Einen trüben
Himmel. Keinen Sonnenstrahl und kein Mondlicht. Und
immer wieder diese Mauer.

Diese Mauer.

Ich werde verrückt. Ich drehe durch. Ich halte das nicht aus. Mir wurde übel. So geht das nicht weiter, Noch größere Augen. Ungleiche Augen. Das bedeutet nichts Gutes. Gibt es denn keine Hilfe? Musst du denn in diesem Loch kaputtgehen? Und die Faschisten triumphieren! Die Hausordnung hing an der Wand. Sie enthielt Punkt für Punkt jede Phase, wie ich mich zu verhalten hatte. Zum Schluss hieß es: Ein Gefangener, der 2/3 seiner Strafe verbüßt hat, kann einen Antrag auf Haftverkürzung stellen. Ich rechnete die Zeit nach. Die gestellte Bedingung traf für mich zu. Ich konnte also beantragen, dass man mir den Rest der Strafe schenkte. Schenkte? Lässt ein Kommunist sich die Strafe von den Faschisten schenken?

Ich hielt die Hausordnung noch in der Hand, als der Pfarrer der Anstalt in der Zellentür stand. Unwillkürlich ließ ich das Papierwerk fallen. Ich fühlte mich ertappt. Die Freiheit wäre für mich Medizin gewesen. Eine Haftkrankheit hatte mich gepackt. Eine neue Lebensart musste die Unordnung vertreiben. Oder…
Warum nicht, sagte der Pfarrer. Schreiben sie ein Gesuch. Schreiben sie einfach ohne Gewinsel, was sie beantragen. Gemäß Hausordnung. Fertig.
Der Mann hatte mich wahrscheinlich schon einige Zeit beobachtet und meinen Zustand erkannt. Er wollte mir helfen, deshalb kümmerte er sich um mich. Wir führten keine lebhaften Kampfgespräche mehr. Wenn wir uns begegneten, unterhielten wir uns über das Gesuch. Er war zuversichtlich und wünschte auch, dass ich es wäre.
Ach, meine großen Augen blieben. Sie fielen mir beson-

ders eines Morgens auf, als ich in die Zentrale bestellt wurde und mein Gesicht in den Scheiben des Treppenhauses sah. Große, übergroße Augen. Verglaste Augen. Augen eines Unnormalen, eines Verrückten.....

In diesen Tagen wurden bereits die ersten Entlassungen aus Anlass des bevorstehenden Weihnachtsfestes vorgenommen. Doch ich erhielt keine Nachricht.
Ihr Antrag ist noch nicht durch, sagte der Pfarrer. Abwarten. Er ließ durchblicken, dass noch ein KZ-Haftbefehl gegen mich vorläge. Es kommt darauf an, wie die Gestapo sich entscheidet. Davon hängt alles ab. Sie entschied sich nicht. Die letzten Weihnachtsentlassenen befanden sich bereits in Freiheit. Und ich saß immer noch in meiner Zelle und wartete auf das erlösende Wort. Der Pfarrer hoffte immer noch, aber ich war hoffnungslos geworden.
Mitten in dieser Depression betrat der Leiter des Gefängnisses meine Zelle. Er sagte: Ihr Gesuch ist genehmigt. Sie werden entlassen. Machen sie sich fertig. Packen sie ihre Sachen zusammen. Sie werden heute noch dem Direktor vorgestellt. Dann kommen sie in die Abgangszelle. Morgen früh mit dem ersten Zug fahren sie in die Heimat. Mir blieb das Herz stehen. Frei. Kein Gefangener mehr.

Ich begann meine Sachen zusammenzupacken. Rein mechanisch. Dann wurde ich dem Direktor vorgestellt. Er teilte mir Verhaltensmaßregeln mit: Nach der Rückkehr in den Heimatort Meldung bei der Gestapo usw. Er redete mich mit Herr an. Ich war also schon halbwegs wieder ein Mensch. Und morgen früh sollte ich es werden.
Dann saß ich in der Abgangszelle. Ich konnte nicht

schlafen, obgleich ich mich anstrengte, es zu wollen. Denn ich wünschte, die letzten Gefängnisstunden möglichst bewusstlos zu überstehen. Doch meine Gedanken durchwühlten ruhelos meinen Kopf. Ich durchlebte die Haft noch einmal. Und dann war die Zeit um: Ich bekam meine Entlassungspapiere und das verdiente Geld, einen kleinen Betrag, kaum der Rede wert und dann… Dann wurde ich über den Hof des Gefängnisses geführt. Ein Beamter übergab mich seinem Kollegen. Ich zeigte dem Mann meinen Entlassungsschein. Er sagte: In Ordnung und öffnete die Tür in die Freiheit.

Ich stand am Beginn einer Straße und blinzelte gegen die Dunkelheit. Rechts und links standen Häuser und vor mir lagen die Stadt und der Weg zum Bahnhof. Und dann schritt ich aus. Ach, durchaus nicht wie ein Mensch, mit Zutreten und fertig. Mir war zumute, als ob ich auf Sprungfedern ging. Ganz eigentümlich. Ich federte gewissermaßen.

Auf diese Weise gelangte ich zum Bahnhof. Ich löste mir eine Fahrkarte nach Bremen und da ich noch Zeit hatte, betrat ich den Wartesaal, um eine Tasse Kaffee zu trinken. Ich trat an das Büfett und bestellte sie. Ich hörte meine eigene Stimme und man gab mir auch, was ich bestellt hatte. Aber mir persönlich kam alles unwirklich vor. Ich wagte kaum, mich umzugucken aus Angst, aufzufallen. Das Geld für den Kaffee aber nahm man an und alles war in Ordnung

Tscha, und dann saß ich im Zug. Und hier ging es mir genauso wie hernach in Bremen in der Straßenbahn: Meine Mitfahrenden unterhielten sich nicht miteinander. Sie guckten starr vor sich hin. Ungefähr so, als wenn der eine Angst hatte, mit dem anderen zu sprechen.

Du liebe Zeit, meine Mitbürger hatten sich vor

meiner Verhaftung und vor der Faschistenzeit anders betragen. Jeder hatte einen Standpunkt gehabt und ihn vertreten. In der Straßenbahn oder wo auch immer, hatte man sich unterhalten. Jetzt aber stierten sie stumm aneinander vorbei. Das fiel mir auf.

Du hast Recht, bestätigte mir die Genossin Reichel, in deren Wohnung ich nach meiner Entlassung zunächst Unterschlupf gesucht hatte. Früher zog jeder seinen Handwagen hinter sich her und war bereit, für ihn einzutreten. Heute wagt keiner mehr den Mund aufzumachen. Das liegt an den Faschisten.

Ich war also jetzt wieder ein freier Mann und hörte, was sich inzwischen alles ereignet hatte. Von den Verhaftungen und den Misshandlungen meiner Genossen. Von unserem Eintreten für die SPD - Genossen, denen man in den KZ Lagern manchmal besonders übel mitgespielt hatte. Der Chefredakteur der Volkszeitung, einem SPD - Blatt, Alfred Faust, auf den es die Faschisten besonders abgesehen hatten und der ohne den Schutz und ohne die Hilfe der Kommunisten wohl kaum mit dem Leben davongekommen wäre, schwor: Wir müssen uns immer einig sein. Es leben die rote Einheitsfront! Nach 1945 verriet er seinen Schwur. Inzwischen ist er verstorben. Friede seiner Asche.

Mir hatte man bei meiner Entlassung die Auflage erteilt, mich sofort nach meiner Ankunft in Bremen bei der Gestapo zu melden. Das tat ich auch. Man begrüßte mich freundlich, beglückwünschte mich zu meiner Entlassung und erklärte: wenn sie irgendwelche Schwierigkeiten haben, berufen sie sich auf uns. Wir stehen ihnen bei.
Nette Worte.

Ich meldete mich nach meiner Rückkehr bei den verschiedenen Ämtern und hatte keinerlei Schwierigkeiten. Nur als ich auf das NSV Büro kam, um Feuerungshilfe zu beantragen, guckte man mich unter entsprechenden Äußerungen schief von der Seite an. Der Grund war wohl der, dass ich beim Betreten des Zimmers nicht mit „Heil Hitler" gegrüßt hatte, wie das allgemein üblich geworden war und wie man es wohl besonders von mir erwartet hatte.

Ich konterte dem aufgebrachten Mann mit einer Berufung auf die Gestapo und bekam im Handumdrehen meine Feuerungslieferscheine. Darunter fand ich noch einige Gutscheine, die ich gar nicht bestellt hatte. Immerhin, die Berufung auf die Gestapo hatte gezogen. Nein, ich brauchte keinen weiteren Gebrauch davon zu machen.

Übrigens, ich bin meiner Geschichte etwas vorausgeeilt. Ich wurde am Tag vor Weihnachten entlassen und trat erst am Tag nach dem Fest meinen Gang durch die Amtsräume an. Am ersten Weihnachtsabend betrat ich mit meinen Gastgebern ein Lokal, in dem ich von früher her nicht unbekannt war. Man begrüßte mich mit einem lebhaften Hallo und jeder bestrebte sich, mir die Hand zu geben. Ich wurde mit Alkohol überschwemmt. Und mancherlei laute Parolen schlugen über mich zusammen: Wir bleiben die Alten! Persil bleibt Persil!

Ehrlich gesagt: Ich war von diesem Echo überrascht. Doch die Genossin Reichel erklärte mir: Persil bleibt Persil, das sagen uns gegenüber heute Viele. Da steckt nichts dahinter. Die Macht der Faschisten ist ja auch zu stark und wen sie erwischen, der ist dran.

Nun, ich lebte mich ein. Und dann fand ich auch wieder Anschluss an meine alte Liebe, die mir die Treue gehalten hatte. Ich habe oft an dich gedacht, sagte sie und lag in meinen Armen und ich hielt endlich wieder eine Frau fest, der ich den Schlüpfer ausziehen konnte und mit der ich eins war, ein Mann und eine Frau und wir gaben uns Mühe und waren beide zufrieden, und sie sagte: Ein Glück, dass du wieder da bist. Und ich war auch froh.

Zum Teufel, ich war richtig froh und ich hätte sie auf der Stelle geheiratet, wenn ich nicht so arm gewesen wäre und wenn sie nicht….Aber so hielt sie mich davon ab und eines Tages erklärte sie mir: Ein Mann will mich heiraten, einer, der einen Posten hat, und du…

Nein, ich hatte keinen Posten. Ich war ein verdammt armer Teufel, ein entlassener Gefangener und musste es mir wohl gefallen lassen, dass ein anderer mir die Frau wegnahm. Doch sie blieb mir treu. Auch dann noch als sie mit dem anderen verheiratet war. Sie blieb gewissermaßen der Revolution treu. Mir zuliebe hatte sie sich vor der Faschistenzeit ein rotes Kostüm geschneidert und es auf einer kommunistischen Veranstaltung getragen. Nun, sie war trotz des roten Kostüms keine Revolutionärin, aber sie war ein Weib und wollte gefallen und hatte nichts dagegen, dass ich ihr den Schlüpfer auszog – alles in allem, eine sakrale Handlung, der ich meine Hochachtung nicht versagen kann.

Die Partei war noch existent. Doch ich hatte nichts mehr damit zu tun. Man drängte mich auch nicht, meine frühere Tätigkeit wieder aufzunehmen. Ich hätte mir das vermutlich auch überlegt. Das Risiko war mir zu groß. Den Faschisten wollte ich nicht wieder in die Falle gehen.

Als ich einmal einen prominenten Genossen besuchte, entdeckte ich auf seinem Schreibtisch ein Mitgliedsbuch der NSV. Das war ein anerkannter Faschistenausweis, hinter dem man sich verstecken konnte. Ich zweifelte nicht, dass der Genosse mit Wissen der Parteileitung in diese Organisation eingetreten war und ich habe ihm auch nie einen Vorwurf daraus gemacht. Immerhin, wenn ich jemals während der Faschistenzeit solch einen Ausweis in der Tasche gehabt hätte, wäre mir vielleicht manche schlaflose Nacht erspart geblieben.

Ich war noch keine 30 Jahre alt, steckte voller Energie und Tatkraft. Politisch konnte ich mich nicht mehr ausgeben. Aus der harten Fessel der materialistischen Auffassung war ich gewissermaßen entlassen. Ich schwamm wieder umher. Kein Wunder, dass ich da wieder anknüpfte, wo ich in früheren Jahren nicht mit fertig geworden war: Ich begann wieder zu schriftstellern…
Ende der 20-iger Jahre war dieses Leiden über mich gekommen. Ich sammelte zunächst Sprüche, die über Haustüren standen, die ich auf Friedhöfen fand, die mich ansprangen und die mich trieben, neue Erkenntnisse zu suchen. Die Presse half mir dabei. Ich geriet in eine Sturm-und Drangperiode und kam auf die Idee, ein Drama zu verfassen. In einer kleinen Schatulle begab ich mich sozusagen auf das offene Meer. Ich griff nach den Sternen, ohne dass ich einen ordentlichen Boden unter den Füßen hatte. Ich geriet durch meine Unrast und meine Zweifel in arge Depressionen, aus denen ich mich nur an der Oberfläche halten konnte, weil ich von Jugend auf mit der biblischen Geschichte vertraut gewesen war.
Die Bibel kannte ich auswendig. Das Leben Jesus Christi

wurde mir zum Lebensmaßstab. Mit diesen Erkenntnissen überstand ich den Sturm. Ich drang tief in das einfache Leben ein, in dem alle Größe und alles Schöne begründet liegt: Das war mein Glück.

Und dann begegnete mir eines Tages die materialistische Auffassung. Damit stürzte ich meine turbulente Welt in eine feste Form. Mit meinem Höhenreiten war es aus. Meine Schriftstellerei begrenzte sich auf das Herausgeben von Betriebszeitungen und Flugschriften.

Mich interessierten natürlich auch noch nach wie vor die alten Träume, doch sie quälten mich nicht mehr und ich liebäugelte höchstens noch mit ihnen.

Doch jetzt, losgelöst aus den alten Verhältnissen begann sie mich wieder stärker zu interessieren. Ich kam auf die Idee, einen Roman zu schreiben. Vielleicht wurde ich äußerlich dazu angeregt. Ich hatte bestimmt Vorstellungen von einem jungen Arbeiter, der sich durchsetzen wollte und erzählte, was ihm auf seinem Weg begegnete. Den genauen Inhalt
 der Schreiberei kann ich nicht wiedergeben. So sehr ich mich auch anstrenge, mich an ihn zu erinnern, er ist mir entfallen.

Als ich heute im Laufe des Tages über diese Niederschrift nachdachte, stellte ich beruhigt fest: Es läuft. Es läuft überraschend gut. Es läuft besser als ich es für möglich gehalten hätte.

Ach, das Schreiben! Fast jeden Abend nehme ich mir die Unterlagen mit einer andachtsvollen Geste vor. Ich empfinde es immer wieder als eine Gnade, dass es läuft. Ein treffender Satz fällt mir ein; ein anderer steht bereits parat und ich brauche mich nur zu beeilen und zu schreiben. Ach, was heißt Schreiben! Ich skizziere mit einigen Strichen und Buchstaben ein fast unleserliches

Gekritzel. Immer wieder nehme ich mir vor, ordentlicher zu schreiben, doch ganz viel kommt bei allem guten Willen nicht dabei heraus.

Zum Teufel, so war es damals, als ich mit dem Roman begann: Nichts als Kritzeleien. Aber dann übertrug ich die Notizen fein säuberlich ins Reine. Unzählige Seiten fügte ich sauber aneinander, ein umfangreiches Manuskript. Und nun, wohin damit?

Diese Frage gehört auch zum Handwerk. Gemeinhin beantwortet sie sich für junge Schriftsteller von selbst. Sie gehören einem bestimmten Kreis an, mit dem sie sich besprechen und der sie fördert. Ich besaß keinen Kontakt außer meiner Beziehung zur geheimen Staatspolizei, bei ich mich alle 14 Tage melden musste.

Es lief mir immer eiskalt den Buckel runter, wenn ich das Gestapo - Verwaltungsgebäude am Wall betrat. Ein markiger Spruch über dem Portal begrüßte mich. Dann bekam ich einen Laufzettel mit einer Uhrzeit und meinem Wunsch. Ich musste ihn sorgfältig hüten und von meinem Gesprächspartner ausfüllen lassen, sonst hätte man mich nicht wieder an die frische Luft gelassen.

Nun, ich atmete jedes Mal auf, wenn ich die unheimliche Prozedur überstanden hatte. In dem gesamten Haus spürte ich eine Kälte, vor der man das Gruseln bekommen konnte. Der Beamte, mit dem ich es zu tun hatte, unterschrieb den Schein und ich konnte wieder gehen, eine formlose Angelegenheit, kaum der Rede wert.

Es ist klar, dass ich immer literarisch interessiert war und dass ich mir mit meinen bescheidenen Geldmitteln eine kleine, ich darf vielleicht sagen, intensive Bibliothek zugelegt hatte. Die Schriftsteller, die mich interessierten, besaßen alle einen bestimmten konservativen Kern. Ich bevorzugte Erzähler, die im Leben verankert waren. Meine Liebe galt den nordischen Schriftstellern: Hamsun, Börnsen, Gustav Frenssen und für unseren norddeutschen Raum ‚ganz in meiner Nähe: Manfred Hausmann.

An ihn wandte ich mich mit der Bitte, mein Manuskript durchzulesen. Das ist mit einem Satz leicht berichtet, aber in zehn Sätzen kaum überstanden. Ich fragte mich mehr als einmal, ob es mir wohl zustände, mich an diesen Herrn zu wenden. War es nicht eine bodenlose Vermessenheit von mir, es zu tun? Wie würde er meine Aufdringlichkeit aufnehmen?

Du liebe Zeit, ich hing tagelang zwischen Himmel und Erde. Diesem Spiel wurde durch das Arbeitsamt ein Ende gesetzt Man vermittelte mich kurzfristig zu einer Autobahnstelle zwischen Hamburg und Bremen.

Endlich Arbeit! Seit Jahren hatte ich auf diesen Augenblick gewartet. Man rüstete mich mit Zeug, Stiefeln und Arbeitsgeräten aus und bestellte mich am nächsten Morgen zur Abfahrt mit dem Bus an die Baustelle.

Ich ordnete meine Verhältnisse und war am nächsten Tag pünktlich zur Abfahrt bereit. Doch wir starteten mit Verspätung, weil einige Kollegen es nicht so eilig hatten. Sie kamen auch ohne Arbeitszeug , ohne Stiefel und Geräte – die empfangenen Ausrüstungsstücke hatten sie gegen Sprit eingetauscht – und so standen sie denn auch am nächsten Tag mit Halbschuhen im Wassergraben und nach 3 Tagen waren sie krankenhausreif. Ach, du lieber Himmel, was gibt es doch für Elend auf dieser Welt!

Am meisten sorgte es mich, ob ich die verlangte Arbeit auch schaffen würde. Ich fühlte mich keineswegs stark und kräftig. Die jahrelange Haft steckte mir noch in den Knochen. Und nun solle ich mit der Schaufel und dem Spaten umgehen.

Die Fahrt verlief ohne sonderliche Zwischenfälle. Lediglich während der Fahrpause bettelten mich einige Kollegen an, weil sie gern ein Bier trinken wollten, aber kein Geld hatten. Ich habe diesen Zwischenfall in einer Skizze festgehalten, die ich meinen Leserinnen und meinen Lesern noch vorführen werde.

Bei unserer Ankunft begrüßte uns ein vierschrötiger Geselle mit den freundlichen Worten: Na, seid ihr alle gesund an Leib und Seele? Dann kommt mal raus aus dem Bus und ran an die Arbeit.

Mir fiel ungefähr das Herz in die Hose über den freundlichen Empfang. Gesund an Leib und Seele? Ich fühlte mich zerschlagen. Und obendrein hatten einige Kollegen ihre Siebensachen, die sie für die Arbeit brauchten, verkauft. Was sollten die armen Teufel nun anfangen?

Unsere Aufgabe war es, den Mutterboden abzufahren, auf den die Autobahn aufgeschüttet werden sollte. Wir luden den Boden in Loren, die wir auf Gleisen abtransportierten. Die Gleise mussten immer wieder verlegt werden. Der Schachtmeister stand daneben und brüllte: Verrückt noch mal!

Verrückt noch mal! Wir rissen die Eisen in die angegebene Richtung. Der Schachtmeister war mit unserer Arbeit nicht zufrieden. Verrückt noch mal! Wir strengten uns an: Verrückt noch mal!

Und dann kam der Frost. Wir konnten keine Schaufel und keinen Spaten mehr in die Erde bringen und mussten nach Hause fahren. Wir meldeten uns beim Arbeitsamt und richteten uns in der Stadt wieder häuslich ein.

Ich fand in meinem alten Quartier eine Karte vor, die ungefähr wie folgt lautete:

Versprechen kann ich Ihnen nichts. Wenn Sie Lust haben, besuchen Sie mich doch mal. Wir können uns dann über ihr Manuskript unterhalten. Ihr Manfred Hausmann

Nehmen Sie es mir bitte nicht übel, aber ich habe die Karte mit meinen Augen verschlungen. Ich habe sie von hinten bis vorne und vorne bis hinten studiert. Sie war für mich ein: Sesam öffne Dich! Eine Eintrittskarte in eine andere Welt.

Der Frost war nicht zu früh und nicht zu spät gekommen; ich brauste mit meinem Fahrrad zum Künstlerdorf Worpswede, Der Ort tauchte vor mir aus der Niederung auf. Mein Herz schlug wie wild. Das Blut kreiste in meinen Adern: Worpswede....

Das sollte mir noch viele Jahre so ergehen, wenn ich mich diesem Ort näherte. Ich war ein Gefühlsmensch und alles in mir schlug zu einem Brausen zusammen, wenn ich an Worpswede dachte.

Und dann stand ich vor der Tür Manfred Hausmanns. Ein Schild besagte, M.H. bedauert, unangemeldeten Besuch nicht empfangen zu können. Nun, ich war angemeldet und ich klingelte. Ein hübsches Bauernmädchen öffnete die Tür. Es führte mich in einen hellen Raum, von dem ich weit über eine niederdeutsche Landschaft sehen konnte.

Und dann saß ich dem Dichter gegenüber, genauso, wie ich ihm in der Folgezeit noch oft gegenüber gesessen habe, bereit, meine Sorgen und Hoffnungen anzuhören.

Der Autor nahm mein Manuskript zur Hand und sagte, sie müssten in einem sozialistischen Land leben. Ihre Schreibart und alles miteinander! Er schnippte mit den Fingern in die Luft... Ich hielt es für angebracht den guten Mann über meine Identität aufzuklären: Hochverrat, Gefängnis, KPD, politischer Kämpfer.

Er bat um diese und jene Einzelheit meines Lebens, die ich ihm mitteilte. Zum Schluss sagte er: Es tut mir leid, ich glaube kaum, dass sie in Deutschland einen Verleger für ihre Arbeit finden. Etliches fehlt noch daran. Sie wissen ja....

Aber ich empfehle ihnen: wenden sie sich zunächst der kleinen Form zu. Schreiben sie Skizzen und Kurzgeschichten. Wir haben einige junge Leute hier am Ort, die es auch so machen. Es braucht ja nicht immer gleich ein großes Werk zu sein, das man aus der Taufe hebt. In der Kürze liegt die Würze. Versuchen sie mal ihr Heil. Gucken sie ihren Arbeitskollegen auf den Mund. Beschreiben sie das, was ihnen begegnet. Vielleicht finden sie auf diese Weise eine Form für ihre Begabung. Begabt sind sie....

Ich bin begabt? fragte ich.

Ja, antwortete Manfred Hausmann, sonst hätte ich ihnen nicht geschrieben.

Die Begegnung hatte mich aufgewühlt. Ich bedankte mich und trat die Rückfahrt an. Die Empfehlung mit der kleinen Form ging mir durch den Kopf. Doch ich fand keinen Anfang.

Inzwischen hatte der Frost nachgelassen. Wir traten abermals im Bus die Reise zu unserer Baustelle an. Die Arbeit fiel mir verdammt sauer. Doch bereits am ersten Abend erklärte mir der Schachtmeister auf dem Heimweg in unsere Unterkunft: Ich brauche morgen einen anstelligen Mann, der mir beim Ausmessen der Gräben hilft. Wäre das nichts für dich?

Ich sagte ja und half an mehreren Tagen die Gräben ausfluchten. Das war eine Arbeit, die ich gut leisten konnte. Später wurde ich einem Mann zugeteilt, der die Gleise und die Weichen der Feldbahn in Ordnung hielt. Das war eine leichte Arbeit, die außerdem am Akkord beteiligt war. Auf diese Weise verbesserte ich auch meinen Lohn, so dass ich wohl behaupten konnte: Mir geht es gut.

Wir wohnten in Schlafbaracken und aßen in einem Tagesraum, der mit einer Kantine verbunden war. Der elektrische Strom, den wir brauchten, wurde mit einem Benzinmotor hergestellt. Wenn er aussetzte, saßen wir im Dunkeln.

Das Arbeitslager unterstand einem Leiter und seinem Stellvertreter, die von der Partei eingesetzt worden waren. Die Herren trugen lange Stiefel und harmonierten vorzüglich mit der Geschäftsleitung. Um das Wohl und Wehe der Lagerangehörigen kümmerten sie sich nicht. Bis auf das morgendliche Wecken, das sie pünktlich ausführten.

Um diese Zeit lief die faschistische Propagandamaschine für die Heimholung der Saar auf vollen Touren. Das Lied: Deutsch ist die Saar, deutsch immerdar, krächzte zu jeder Tageszeit aus allen Lautsprechern. Und dann war es ja auch soweit: Die Saar kehrte heim.

An diesem Tag beschloss die Lagerleitung, dass die ihr unterstellten Arbeiter geschlossen an einer Feier in einem 6 Kilometer entfernten Ort teilnehmen sollten. Der Plan wurde tagsüber bekannt gemacht. Er löste unter den Kollegen einigen Unwillen aus. Der weite Weg. Den ganzen Tag regnete es und dann abends noch solch einen Marsch. Und dann die Feier.

Nach Feierabend, während wir alle zusammen im Tagesraum saßen, um das Mittagessen einzunehmen, erläuterte der Lagerführer den Ablauf der Feier in dem vorgesehenen Ort. Er überhörte das Murren und fragte: Ihr habt mich also verstanden? Oder!

Ich meldete mich und bat zu berücksichtigen, dass die Kollegen tagsüber im Regen gearbeitet hatten und dass es notwendig wäre, das Zeug zu trocknen und sich auszuruhen, um für die morgige Arbeit wieder gewappnet zu sein. Ich unterstrich die Richtigkeit, eine Saarbefreiungsfeier abzuhalten. Aber warum, fragte ich, wollen wir die Feier nicht in diesem Raum stattfinden lassen? Warum in dem 6 Kilometer entfernten Ort? Ich bitte doch darum, meinen Vorschlag zu berücksichtigen, zumal die meisten von uns mehr oder weniger alte Leute wären, die ihre Ruhe haben müssten. Die jungen Leute, oder sie, die Spaß daran hätten, könnten ja von sich aus an der zentralen Veranstaltung teilnehmen

Meine Worte wurden von den Arbeitern mit Bravo- und Zustimmungsrufen aufgenommen. Die Lagerleitung geriet mit ihrem Befehl: Alle nehmen an der Veranstaltung in dem Ort teil, ins Wanken. Schließlich überließ man die Teilnahme der Freiwilligkeit, aber auch von einer Feier im Essraum sah man - vielleicht aus einem Mangel an Können - ab. Auf diese Weise kamen die meisten von uns um die Saarbefreiungsfeier.

Anschließend an meine Ausführungen war ein alter Genosse aufgestanden und hatte empört gerufen: Die Geschäftsleitung kann uns ja mit Lastwagen zu der Feier fahren.

Dieser Dummkopf hatte überhaupt nicht begriffen, dass wir überhaupt nicht feiern wollten, weder zu Fuß noch mit einem Lastwagen und dass uns sie Saarfeier, die man besser mit Saarbetrug bezeichnen könnte, überhaupt nicht interessierte.

Er wurde auch gleich von den Kollegen zurückgerufen. Die Lagerleitung aber erwirkte für ihn von der Geschäftsleitung die sofortige Entlassung. Er wurde nach Bremen zurückgeschickt und meldete sich auf dem Arbeitsamt, das ihn in ein Arbeitslager im Teufelsmoor einwies. Nachdem er dort 6 Monate eingesessen hatte, ließ man ihn laufen.

Schade, der gute Mann tat mir leid. Er war bestimmt ein guter und treuer Genosse. Doch was half das alles: Unter der Faschistenherrschaft musste man sich überlegen, was man sagte und tat. Sie krümmten mir kein Haar, obgleich ich durch mein Auftreten der Mittelpunkt der Belegschaft wurde. Wer etwas auf dem Herzen hatte, kam zu mir. Und ich hatte vielerlei Möglichkeiten, den Arbeitern einige Korsettstangen einzubauen.

Für die Unterkunft und die Verpflegung wurde wöchentlich ein bestimmter Betrag vom Lohn einbehalten. Doch die Kost ließ zu wünschen übrig. Die Arbeiter rebellierten und die Lagerleitung wurde veranlasst, den Beschwerden in einer Versammlung entgegenzutreten. Man redete sich raus und behauptete gar noch, dass die Küche von der Firma einen Zuschuss erhielt, erklärte sich dann aber doch bereit, einer aus dem Kreise der Arbeiter gebildeten Kommission, der auch die Lagerleitung angehören müsste, einen detaillierten Einblick in die Ein - und Ausgaben der Küche zu gestatten.

Diese Kommission, in die ich.auch gewählt wurde, nahm ihre Tätigkeit auf. Man legte ihr Unterlagen vor, die weder Sinn noch Verstand hatten. Ich lehnte es ab, auf dieser Basis zu verhandeln und verlangte konkretes Material. Daraufhin erfolgte die Vertagung der Sitzung, die nie wiederholt wurde.

Immerhin lief ich ja nun als Kommissionsmitglied durch die Gegend und da die Arbeiter mich dafür anguckten, spekulierte ich auf die Möglichkeit, mich über meine bisherige Tätigkeit vor der Lagerbelegschaft öffentlich zu rechtfertigen.

Am Vorabend des 1. Mai erfolgte durch die Lagerleitung eine Information über den Ablauf der geplanten Feierlichkeiten.

Hat noch jemand eine Frage?

Ich meldete mich und gab einen Bericht über meine bisherige Tätigkeit als Küchenkommissionsmitglied, eine Funktion, die ich unter den waltenden Verhältnissen niederlegte. Meine wenigen Worte hatten nichts mit der Maifeier zu tun. Als die Lagerleitung das feststellte und drohend die Köpfe aufrichtete, dankte ich für die mir erwiesene Aufmerksamkeit.

Damit war die Angelegenheit zunächst erledigt. Ich freute mich, dass es mir möglich gewesen war, auf einer Versammlung meinen Kollegen reinen Wein einzuschenken. Jetzt hatte ich mit der Küche, die immer noch einer starken Kritik ausgesetzt war, nichts mehr zu tun. Mein Bericht aber goss sicherlich auch noch Öl ins Feuer. Eines Morgens brannte die Empörung lichterloh.

Der Lagerleiter ging durch die Unterkunftsräume und weckte: Aufstehen!

Doch die Arbeiter rührten sich nicht. Einer stand auf und ging nach draußen und schlug sein Wasser ab und kam rein und sagte: Es regnet.

Nun, es regnete nicht. Es nieselte zwar, aber wir waren schon bei schlechterem Wetter aufgestanden und an die Arbeit gegangen. Die Parole: Es regnet! Geisterte jetzt durch die Baracken. Es regnet! Also blieben wir liegen.

Die Geschäftsleitung wurde aufgeregt. Sie beschwerte sich bei der Lagerleitung. Die Herren in den langen Stiefeln liefen aufgeregt von Baracke zu Baracke und riefen: Raus! Aufstehen! Was fällt euch ein!

Es regnet, lautete die Antwort.

Quatsch! Es regnet doch gar nicht. Los, steht auf! Oder…

Es regnet, sagten die Arbeiter und zogen die Decken über die Köpfe. Es regnet. Und dann folgte der Spruch: Götz von Berlichingen.

Ich stand auf, zog mich an und verließ das Lager. Just für diesen Tag hatte ich um Urlaub gebeten. Auf dem Weg zum Bahnhof dankte ich dem Schicksal für diesen Zufall. Es regnet. Mir schlug das Herz im Leibe, Es regnet. Die Jungen waren alle miteinander in Ordnung. Es regnet.

Nein, es regnete nicht. Feuchtigkeit lag in der Luft. Man konnte noch nicht einmal behaupten, dass es nieselte. Das mit dem Regen war ein guter Einfall, um die Arbeit zu verweigern. Denn daraus lief es doch hinaus: Schlechtes Essen – kein Malochen!

Abends kehrte ich wieder ins Lager zurück. Ich war gespannt, wie der Zwischenfall ausgelaufen war. Die Leitung hatte die zuständige Kreisinstanz der Arbeitsfront zu Rate gezogen. Die Herren kamen mit einem Auto angebraust und hörten sich die Berichte an. Sie sprachen mit den Arbeitern und die Jungen erzählten über die Küche und das Essen und alles miteinander. Und dann regnete es.

Aber es regnet doch gar nicht mehr. Und es soll auch nicht geregnet haben. Und ihr…

Es hat geregnet. Aber jetzt regnet es nicht mehr. Und nun arbeiten wir wieder.

Den Herren vom Kreis war die Sache mit dem Regen, der nicht stattgefunden hatte, unangenehm. Sie legten Wert darauf, ihn zu vertuschen. Den Rüffel steckten die Geschäftsleitung und die Lagerleitung ein. Und das Essen wurde auch besser.

Die meisten Kollegen schimpften Mord und Brand auf die Arbeit an der Autobahn.

Nun, sie wurde schlecht bezahlt: Stundenlohn 50 Pfennig. Es gab Akkordmöglichkeiten. Dadurch konnte man einige Mark mehr pro Woche verdienen, aber dafür musste man sich die Seele aus dem Leib schinden. Das Schlafen in der Baracke war alles andere als ein Vergnügen. Die Betten standen übereinander. Um den Ofen hingen die nassen Klamotten der Kumpel. Aber nicht nur das Zeug dunstete, sondern auch die Leiber. Na, und über das Essen haben wir uns ja bereits unterhalten.

Trotz dieser vielfachen Mängel muss ich gestehen, dass ich mit Leib und Seele Autobahnbauer gewesen bin. Ich empfand es als etwas Großartiges, eine Acker- und Heidelandschaft nach einem bestimmten Plan in eine Straße zu verwandeln. Als ich zum ersten Mal mit demTransportbus mitten auf der Baustelle gelandet war, steckte alles noch in einem wüsten Chaos. Materialien, Maschinen, Gleise und Loren lagen wüst durcheinander. Wir aber brachten Ordnung in diese Unmöglichkeit. Wir karrten den Mutterboden zur Seite, fluchteten Gräben und Mittelstreifen aus. Wir legten mit unseren Schaufeln Sandkuhlen frei und schütteten die zukünftigen Straßenüberführungen an. Es war eine Lust, zu beobachten, wie die Autobahn wuchs, wie sie sich gleichsam durch die Landschaft schlängelte, eine gewaltige Anlage, die durch unserer Hände Arbeit entstanden war.

Aber was haben wir davon? fragte ein Kollege. Wir bauen die Straße und die anderen fahren darauf. Quatsch, antwortete ein anderer, du wirst auch darauf fahren. Ja, konterte der Pessimist. Im Polizeiauto. Und die Arbeiter lachten, dass es dröhnte.

Nach uns kamen die Betongießer, die die eigentliche Straßendecke anlegten. Damit hatte unsere Firma nichts zu tun; wir waren lediglich für den Unterbau zuständig gewesen. Und damit schlug dann auch unsere Entlassungsstunde.

Unsere letzte Aufgabe war es, den an die Seite gekarrten Mutterboden abzufahren. Ursprünglich hatte man ihn auf den anliegenden Ländereien eingeebnet. Doch einer der Grundbesitzer war damit nicht einverstanden gewesen. Warum nicht? Warf man ihm vor. Das ist doch Mutterboden! Den ich nicht haben will, entschied er. Dieser Boden ist verwildert. Den kann ich nicht gebrauchen. Man setzte ihn regierungsseitig unter Druck. Doch er lehnte ab. Man drohte ihm mit der Partei, der SA und der SS. Doch der Mann sagte nein. Man erklärte: der Mutterboden bleibt da so liegen, wo er ist, und der Bauer ging zum Gericht. Der Richter gab ihm Recht. Und wir standen nun hier und transportierten den verwilderten Mutterboden auf Loren über eine Gleisanlage ab. Das war unsere letzte Arbeit an diesem Autobahnbauabschnitt. Dann kehrten wir in die Stadt zurück.

Nachdem ich mein altes Quartier wieder bezogen hatte, stellte ich fest, dass meine auf einem Lager abgestellte Bücherkiste aufgebrochen und beraubt worden war. Ich stellte den Besitzer des Lagers, einen SA Mann zur Rede. Er erklärte mir: Die Gestapo.

Richtig, die Gestapo. Um sie hatte ich mich nach meiner Vermittlung an die Autobahn überhaupt nicht mehr gekümmert. Aber scheinbar hatte man sich um mich gekümmert und meine abgestellten Sachen überholt. Nun war ich auch den Rest meiner Bücher losgeworden. Bis auf das Werk des Anarchisten Stirner: Der Einzige und sein Eigentum. Das hatte man wieder mal nicht für Beschlagnahmens wert gehalten. Da es mir außerordentlich daran lag, die Bücher wiederzubekommen, machte ich mich auf den Weg zur Gestapo. Leicht fiel es mir nicht, in die Höhle des Löwen zu gehen. Ich drückte aber den Türhebel runter und betrat das schicksalsschwangere Haus. Und dann stand ich dem für mich zuständigen Beamten gegenüber, der sich nach meinem Begehren erkundigte.

Ich schilderte ihm das Vorkommnis, das er sich aufmerksam und mit einem vorwurfsvollen Kopfschütteln anhörte.

Um was für Bücher handelt es sich denn? fragte er. Vornehmlich um Werke der schönen Literatur, antwortete ich. Schöne Literatur? fragte er. Nun hören Sie aber auf. Sie und schöne Literatur. Was verstehen Sie überhaupt davon?

Nun war ich wohl an der Reihe, den Kopf zu schütteln. Um wenigstens etwas Positives zu erfahren, erkundigte ich mich, ob die Gestapo überhaupt mit dem Beschlagnahmungsvorgang etwas zu tun gehabt hätte. Oder ob nicht doch vielleicht eine ganz gewöhnliche Beraubung vorläge. Leider war der Herr, mit dem ich verhandelte, für die Fragen nicht zuständig, er verwies mich an die profane Polizei.

Ich dankte und ging.

Verdammt, ich war froh, als mir wieder die frische Luft der Bremer Wallanlagen um die Nase strich. In dem Gestapohaus krampfte sich in mir das Herz zusammen. Ich guckte mich oft unwillkürlich um, weil ich das Gefühl hatte, dass mir einer im Nacken saß. Doch das war wohl alles nur halb so schlimm. Nur schade, dass ich meine Bücher los war.

Mit diesem Streich hatte man meine kleine Bibliothek zum zweiten Mal dezimiert. Das erste Mal hatte man sie bei meiner Verhaftung gelaust. Unter anderem hatte man mir das Buch von Max Stirner: Der Einzige und sein Eigentum – eine Anarchisten Fibel- gelassen. Doch mit diesem Werk konnte ich nie etwas anfangen. Nach einem Studium, von 2 bis 3 Seiten kapitulierte ich.

Nach dem Krieg führte ich die von der Gestapo beschlagnahmten Bücher auf einer Wiedergutmachungsliste auf. Ich begründete auch den Zeitpunkt und die Art meines Verlustes. Alles ganz eindeutige Begründungen und Tatsachen für jeden, der die derzeitigen Nazimethoden kannte. Nichtsdestoweniger legten mir die Wiedergutmachungsbeamten – möglicherweise handelte es sich um ehemalige Nazis – folgende Fragen vor: Können Sie beweisen, dass die Bücher beschlagnahmt worden sind? Und wenn ja, wissen Sie, ob die beschlagnahmten Bücher auch vernichtet worden sind? Und als ich den Herren mein Befremden über ihr Verhalten, das in Form und Art den Gestapomethoden ähnelte, aussprach, erklärten sie verwundert: Aber wir können doch schließlich keine Bücher ersetzen, die es möglicherweise noch gibt; das müssen Sie doch einsehen.

Nun, ich habe noch einiges dazu eingesehen und den Herren meinen Standpunkt in die Akten diktiert. Man bequemte sich dann auch, einige Mark für den Verlust der Bücher auf den Tisch zu legen. Doch der wirkliche Schaden, den ich durch die Beschlagnahmungsaktion erlitten hatte, blieb ohne Anrechnung.

Literarisch war ich während der Autobahnarbeiterzeit nicht ganz untätig gewesen. Der Rat Manfred Hausmanns, mich der kleinen Form zuzuwenden und den Kollegen auf den Mund zu schauen, war auf fruchtbaren Boden gefallen. Ich guckte auf das, was um mich geschah und stellte begeistert fest, dass viele meiner Kollegen gute Erzähler waren. Sie brachten ihre Döntjes interessant zur Sprache und irgendwie haftete ihren Worten auch eine Pointe an, die in ihrer Mitteilung zwar verborgen war, die mich aber dennoch immer wieder überraschte.

In stillen Stunden – manchmal unter einer Birke im Sonnenschein oder in einer Ecke des großen Essraumes – habe ich das Gehörte zu Papier gebracht und später in der Stadt sorgfältig in Reinschrift übertragen. Mit diesen Materialien bin ich dann eines Tages wieder mit dem Rad nach Worpswede gefahren , wo ich durch Manfred Hausmann mit zwei jungen Schriftstellern, Bastian Müller und Theodor Hein Körner bekannt wurde, die sozusagen meine literarische Betreuung übernahmen.

Du liebe Zeit, was haben wir diskutiert! Von meinen Skizzen blieb nicht viel über. Sie wurden durch den Wolf gedreht und waren dahin. Wir sprachen viel über die Atmosphäre einer Geschichte, ihre Handlung und ihre Pointe. Es war schon viel, wenn Eva Zepter, die Freundin Bastian Müllers von einer Skizze behauptete: Da steckt etwas dahinter, und wenn man ganz genau hinhörte und alles bedachte, konnte man es fast selbst glauben.

Atmosphäre. Es steckt etwas dahinter. Die Unschuld des Schreibens. Je mehr ich versuchte, etwas von diesen Ausdrücken und Urteilen zu begreifen, desto unfähiger wurde ich, eine Geschichte zu schreiben. Von den vielen Skizzen, die ich von der Autobahn mitgebracht hatte, fand lediglich eine Arbeit Gnade vor den Augen meiner Freunde. Ich hatte sie mit: „ Der Bettler" betitelt. Unter diesem Namen erschien sie auch in dem Worpsweder Wochenblatt, in dem ich mich zum ersten Mal gedruckt entdeckte, ein Vorgang, der mich stark beeindruckte.

Die kleine Skizze, deren Ursprung ich bereits auf der Fahrt zur Autobahn schilderte, hatte folgenden Wortlaut:

Der Bettler

Mit zehn Mann saßen wir im Überlandomnibus, der uns zu einer Baustelle der Reichsauto-bahn bringen sollte. Die anderen zwanzig hielten sich während der Tankpause in einer Wirtschaft auf. Keiner von ihnen ließ sich sehen.

Doch, einer kam wieder, einer, dem das Zeug wie ein Sack am Leibe hing! Der Mensch hatte einen Blick und hatte keinen. Ansehen konnte er mich nicht! Er sah schräg an mir vorbei, als er etwas von mir wollte.

Du liebe Zeit, nur eine Kleinigkeit – 5 Pfennig! Ich habe so einen Durst.

Das war seine Bitte.

Er hielt mir die offene Hand entgegen und sagte: 5 Pfennig! 20 Pfennig fehlen mir noch, dann kann ich einen halben Liter Bier trinken.

Verlegenes Lächeln. Ich lachte, die anderen lachten, der Bettler auch…

Ich habe ihm kein Geld gegeben. Ich hätte das wohl können, aber mir nahm das Ansinnen von diesem Mann den Mut. Ich lachte und die anderen lachten auch, aber insgeheim dachten sicherlich alle: Wie schäbig! Was ist das für ein Mensch! Und das will ein Arbeiter sein!

Ein älterer Kamerad schüttelte den Kopf und gab ihm einige Groschen und sagte:

Nun hau schon ab!

Das ließ sich der Bettler nicht zweimal sagen, er torkelte schnell zur Wirtschaft zurück.

Wir sahen ihm nach und sagten nichts, es wurde still zwischen uns.

Um diese Zeit setzte in Deutschland ein Lügengewebe um die Arbeitslosenzahlen ein. In Norddeutschland wurde berichtet, dass es in Süddeutschland keine Arbeitslosen mehr gebe und umgekehrt überschüttete man die Süddeutschen mit ähnlichen Nachrichten über Norddeutschland. Arme Teufel, die sich auf den Weg machten, um in dem Land, in dem es angeblich keine Arbeitslosen mehr geben sollte, ihre Haut zu Markte zu tragen, stellten betroffen fest: Alles Schwindel! Nichtsdestoweniger strengte man sich 1935 gewaltig an, um die Arbeitslosen von der Straße zu bekommen. Es wurden sogenannte Notstandsmaßnahmen eingerichtet, wie Sumpfgebiete meliorieren oder Autobahnen und Straßen bauen. Der Stundenlohn betrug 50 Pfennig. Die Arbeiter wurden in Arbeitslagern untergebracht. Auf diese Weise brachte man die Arbeitslosen von der Straße und gleichzeitig unter Kontrolle. Überdies wurden Straßen gebaut und viele Morgen Sumpf kultiviert.

Ich wurde im Laufe des Jahres nach Südoldenburg verfrachtet. Mit einer größeren Anzahl Kollegen landete ich in einem abseits gelegenen katholischen Ort, wo wir ausgedehnte Moorgebiete kultivierten. Wir zogen Wassergräben und ebneten weite Gebiete ein, die in Wiesen und Weiden verwandelt wurden. Die Bauern waren froh, dass wir diese Arbeit für sie leisteten, denn sie selbst wären kaum dazu gekommen, aus ihrem versumpften Ödland nutzbringendes Gelände zu gewinnen.

Wir kampierten in einer Turnhalle, in der auch die Küche und die Lagerleitung untergebracht waren. Ich atmete die Atmosphäre eines Katholischen Ortes in vollen Zügen ein. Alteingesessene und zugewanderte Familien gingen fremd aneinander vorbei. Und wehe, wer evangelisch war! Uns guckte man auch nicht gerade freundlich an, aber durch den Suff, der hier stark grassierte, kamen wir doch mit der Bevölkerung in einigen Kontakt.

Der Schnaps wurde in diesem Ort literweise getrunken. Der Wirt pumpte ihn je nach Anforderung aus dem Keller seines Hauses in sein Lokal ungefähr wie der Benzinver-käufer seinen Sprit. Und dann wurde das Gesöff helleweg durch den Hals gegurgelt. Wenn irgendwo eine Gruppe beisammen war, dann wurde einer geholt. Und dann ging die Flasche rum, bis der Verstand im Hintern war.

In diesem Augenblick tauchten manchmal die Frauen der dörflichen Zechengenossen auf und machten Reintisch. Sie nahmen ihre Männer beim Schlafittchen, zogen ihre Lederpantoffeln aus und verhauten ihnen den Hintern, dass es nur so krachte und dröhnte. Das war auch wohl notwendig, denn diese Burschen hätten Haus und Hof vertrunken, wenn ihre Eheliebsten sie nicht dann und wann abgeledert hätten.

Dieses traute Leben spielte sich sozusagen unter den Augen des Pfarrers ab. Der Pfarrer saß auf der Bühne, wenn Kirmes gefeiert wurde. Er war überall dabei. Die Pfarrkinder fanden das auch ganz in Ordnung.

Immer, wenn das Land eines Bauern meliorisiert worden war, wurde ein sogenanntes Richtfest gefeiert. Dann fragte man die Arbeiter: Was wollt ihr haben? Schnaps oder Speckpfannkuchen?

Schnaps, lautete die Antwort, die auch erwartet

wurde, denn das war die einfachste Bedienform der Gäste. Man legte 2 Taler auf den Tisch, die Leute besoffen sich und die Richtfestfeier war erledigt.

Da ich für mein Leben gern Speckpfannkuchen aß, begann ich, meine Arbeitskameraden für dieses Gericht zu begeistern. Ich erklärte, dass wir uns den Schnaps selber kaufen könnten, aber leider nicht einen ordentlichen Speckpfannkuchen und deshalb….

Beim nächsten Richtfest baten wir nicht um Schnaps, sondern um Speckpfannkuchen. Um einen prima Speckpfannkuchen. Oder der Bauer kann ihn selbst fressen.

Wir bekamen ihn: herrlichen Speckpfannkuchen. Man schleppte ihn aufs Feld, wo wir gearbeitet hatten. Und da wir wohl geradezu ausgehungert auf Speckpfannkuchen waren, musste man ihn mehrmals nachholen. Den Schnaps kauften wir uns selbst, indem wir die paar Mark zusammenwarfen. Und alle waren sich darüber einig: Solch ein Richtfest haben wir überhaupt noch nicht gefeiert.

Auf diese Weise wurde mit der alten Unordnung gebrochen. Es gab in Zukunft Speckpfannkuchen zum Richtfest. Um das durchzusetzen muss man bedenken, aus was für Menschen sich unser Arbeitslager zusammensetzte. Die meisten waren durch eine lange Arbeitslosigkeit demoralisiert. Ein Kollege, mit dem ich zusammen einen Kaufmannsladen besuchte, zog anschließend eine Wurst aus der Tasche und erklärte: Gezaubert. Ein anderer Kollege, mit dem ich gemeinsam vermittelt worden war, traf erst Tage später auf dem Empfangsbahnhof ein. Er wurde dort von dem zufällig anwesenden Gemeindevorsteher unseres Dorfes mit Namen begrüßt, worauf der Nachzügler erstaunt bemerkte: Bin ich denn so bekannt, dass man mich hier schon kennt?

Dieser liebe alte Kollege war eine gute Seele, die in einem hoffnungslosen Kampf mit dem Teufel Alkohol stand. Bewahre, er trank nicht, nicht einen Tropfen. Nein, keinen Alkohol, nie im Leben wieder, lieber dürsten.

Das ging höchstens 8 Tage gut, dann hatte ihn der Teufel wieder am Band. Das wäre ja nun alles in allem keine Sünde gewesen. Allein, unser Freund fand dann kein Ende. Er trank bis zur Bewusstlosigkeit. Und meistens war er Montagsmorgens noch nicht wieder zur Stelle.

Ja, wo ist er denn?

Kein Mensch wusste das. Gegen Abend begannen wir uns ernstlich um ihn zu sorgen, als es plötzlich im Dorf ein großes Hallo gab. Unser Freund ritt hoch auf einem blinden Ross durch das Dorf.

Tscha, und dann saß er wieder unter uns, ein wenig niedergeschlagen, ein wenig mitgenommen, mit einem Fluch gegen den Alkohol auf den Lippen. Keinen Tropfen mehr. Nie wieder! Bis zur nächsten Gelegenheit. Und wehe, wenn er das erste Glas durch die Kehle gegossen hatte. Dann fingen die Augen an zu leben und das Fest begann.

Es wurde Herbst und manchmal war es morgens schon empfindlich kalt, wenn wir auf unserer Baustelle waren. Der Bauer, für den wir arbeiteten, rieb sich die Hände. Er sagte: Schlechte Zeiten für meine Leute, sie müssen arbeiten, wenn sie nicht frieren wollen.

Er hatte Recht. Wir mussten uns- besonders in den ersten Morgenstunden - ganz hübsch bewegen, um nicht zu frieren. Der Sohn des Bauern beaufsichtigte uns. Er war eine Seele von Mensch, der einer Maus das Fell über die Ohren zog und es in seine Uhrkapsel legte, um die Uhr zu schonen. Er tanzte auf einer Kirmes mit der Tochter eines Häuslings, einer schmucken Deern, so recht danach gebaut, die Mutter einer gesunden, großen Bauernfamilie zu werden. Doch als ich ihn darauf ansprach und gewissermaßen zu seiner Wahl gratulierte, wies er meine Vermutung zurück: nein, dieses Mädchen werde ich nicht heiraten. Seine Schwester wäre einem Bauernsohn aus dem Nachborort versprochen und er werde die Schwester seines Schwagers heiraten. Auf diese Weise sparte er die Aussteuer für seine Schwester. Ja, man muss als Bauer rechnen.

......Ach, dieser arme Tropf! Seinen Zuchtbullen ließ er sich aus England kommen. Dafür legte er 5000 Mark auf den Tisch. Seine Frau aber holte er sich aus dem Nachbardorf, statt ein junges, mit keinerlei Inzucht behaftetes junges Menschenkind ins Bett zu nehmen, mit der er einen Haufen gesunder Kinder hätte zeugen können.

Nun, mich ging das nichts an! Wir haben das Kirmesfest tüchtig mitgefeiert. Die jungen Männer des Dorfes hatten nichts dagegen, dass wir mit ihren Mädchen, die man hierzulande „Wichter" nannte, tanzten. Nur ein Lagerarbeiter, ein Schlachter von Beruf, bekam Streit mit einem Dorfbewohner und haute ihm ein Bierglas auf dem Kopf kaputt. Das war eine brenzlige Situation, die man uns aber nicht entgelten ließ, zumal der Gendarm zugriff und den Übertäter mitnahm. Einige Tage später dampften wir wieder in die Heimat zurück.

Nun saß ich wieder in der Stadt auf meiner Bude und simulierte. Für meine Unterstützung musste ich auf „Pickass" arbeiten, einer Stelle für arbeitsscheue Elemente, die Teppiche klopften und Feuerholz anfertigten. Nun, ich habe die paar Mark, die ich dort wöchentlich bekam, ehrlich verdient und ich wollte es auch so, denn mir lag nichts daran, mich auf der Pissbude rumzudrücken. Erstens stank es mir dort zu stark und außerdem war mir solch ein Leben zu langweilig. Es gab Kollegen, die dort von früh bis spät standen: Keinen Handschlag für die Nazis. Du liebe Zeit, wenn sie man sonst in Ordnung gewesen wären, aber …. Ich zog es vor, für meine paar Mark Unterstützung zu arbeiten, selbst auf die Gefahr, damit die Faschisten zu unterstützen.

Ja, und dann fielen mir plötzlich eines Abends nach vielen Schreibversuchen einige Geschichten ein, die ich im Zeitraum von wenigen Minuten zu Papier brachte. Ich schrieb sie fein säuberlich ins Reine und sie kamen mir immer noch vor wie der letzte Schrei, so leicht und großartig waren sie mir aus der Feder geflossen.

Ich hatte gewissermaßen nichts weiter zu tun brauchen, als die Feder auf das Papier zu setzen und die Arbeiten waren wie von selbst entstanden.

Doch je mehr ich mich mit ihnen beschäftigte, desto nichtiger und gegenstandsloser kamen sie mir vor. Zuletzt steigerte ich mich in solch einen Zweifel hinein, dass ich keinen Pfifferling mehr für sie gab. Ach, ich wurde bereits niedergeschlagen, wenn ich an sie dachte und ich war es auch.

In dieser Stimmung kam ich nach Worpswede. Ich saß im Kreis meiner Freunde: Bastian Müller, Theodor Heinz Körner und Eva Zepter und es hieß, los, Sie haben doch sicherlich was geschrieben – packen Sie aus.

Ach, ich fingerte die MS aus der Tasche und gab sie den Freunden mit der Versicherung: Es ist wirklich nicht der Rede wert. Ein Versuch, mehr nicht.

Meine Freunde verschlangen die Zeilen. Bastian Müller fragte mich: Zum Teufel, wie haben Sie das gemacht?

Ich war, wie gesagt, außerordentlich niedergeschlagen und stand dieser Frage hilflos gegenüber. Ich zuckte die Schultern und schwieg.

Bastian Müller las die Geschichten vor. Und so, wie er das machte und wie das klang und sich anhörte, kamen sie als kleine Kunstwerke zu mir zurück. Sie begannen mich wieder auszufüllen. Ich schöpfte neue Hoffnung: Mir war also doch etwas Brauchbares gelungen.

Meine Freunde bedrängten mich, ihnen zu erklären, wie ich die Geschichten gemacht hätte. Doch das wusste ich wirklich nicht. Die Niederschrift war über mich gekommen und da gewesen; eine Theorie konnte ich nicht darüber entwickeln.

Was ich erlebt hatte, war gleichermaßen die Geburt eines kleinen Kunstwerkes gewesen, das entstanden war und außer mir weiterlebte. Ein eigenes Leben, das zwar mir gehörte, mit dem ich aber nichts mehr zu tun hatte.

Die Geschichten lassen sich verkaufen, stellten meine Freunde fest und gaben mir Anschriften von Redaktionen auf, mit denen sie in Verbindung standen. Ich durfte mich auf sie beziehen und die Blätter namentlich anschreiben. Dadurch hatte ich auch Erfolg. Da es sich um Erstdrucke handelte, fiel das Honorar auch entsprechend hoch aus. Doch Wilhelm Scharrelmann, der gleichfalls in Worpswede lebte und mit dem ich inzwischen bekannt geworden war, erklärte mir: In seinen jungen Jahren hätte man von der Ausbeute einer Kurzgeschichte 3 Monate leben können. Dass heutige Honorar müsste man als mäßig bezeichnen.

Wilhelm Scharrelmann galt unter uns als Vater der jungen Schriftsteller. Man konnte zu jeder Zeit zu ihm kommen und um seinen Rat bitten. Er hatte für jeden ein offenes Ohr und eine brauchbare Belehrung zur Hand. Die Stunden, die ich ihm in seinem Arbeitszimmer in Worpswede gegenüber saß, werden mir immer unvergesslich bleiben.

Anschließend gelangten die drei Geschichten zum Abdruck:

Der alte Agent

Seit einigen Jahren schon habe ich ihn nicht mehr gesehen. Früher waren wir uns oft begegnet. Wenn wir uns sahen, begrüßten wir uns. Er trug einen abgetragenen, dunklen Anzug und einen unmodernen, steifen Hut, der ins Bläuliche schimmerte. Sein Gummikragen war immer sauber und seine Schuhe waren peinlich blank geputzt, obgleich das Leder gesprungen und ausgetreten war. Eine alte Aktentasche trug er unter dem Arm. Leider weiß ich nicht, was aus ihm, geworden ist.

Es ist nun schon eine lange Zeit her. Damals trafen wir uns jeden Mittag in einer Speiseküche. Wir saßen uns an einem Tisch gegenüber, er: ein älterer Herr, krank, ruhig, müde, ruhig; ich: jung, gesund, laut und frech. Es reizte mich, in seiner Gegenwart besonders jung und laut zu sein. Ich prahlte dann und hatte es wichtig und tausenderlei Gedanken und Pläne im Kopf.

Wie ist das, sagte ich eines Mittags, wenn sie nun bald sterben, kann ich dann ihr Geschäft übernehmen?

Sein Geschäft bestand aus einer Zuckerwarenvertretung. Schlecht genug schlug er sich damit durch: Ein Mittagessen, ein billiges Quartier, etwas Seife für den Gummikragen; für Tabak, glaube ich, langte es nicht mehr; ich habe ihn nie rauchen sehen. Nein, es war kein Geschäft im Sinne von Verdienen und Leben; es war überhaupt keine Sache, über die es sich zu sprechen lohnte; es reizte mich nur, den kranken Mann zu fragen, so zu fragen.

Wider Erwarten ging er auf meinen Vorschlag ein; er nahm mich ernst. Oh, er wurde ganz gegen seine Weise lebhaft! Sogar seine Augen begannen zu glänzen. Er war damit einverstanden: Ich sollte sein Geschäft übernehmen. Seine alte Stimme klang bestimmt und verpflichtend! Ich fühlte plötzlich, dass ich mit meiner Kessheit etwas Ungewolltes und Ernstes angerichtet hatte; das machte mich unsicher und verlegen. Ob ich denn wirklich der richtige Mann für sein Geschäft wäre? Fragte ich ihn ausweichend, das sollte er sich noch mal überlegen. Nein, er hatte alles bedacht. Er besprach noch genaue Einzelheiten mit mir und ich musste ihm zuhören. Es ging um Lieferanten und Kunden und Rechnungen; alles sollte seine Richtigkeit haben. An diesem Mittag war der Mann lebhaft und eifrig wie nie zuvor oder nachher. Er lachte und scherzte und erzählte von seinem Leben, einem lauten, bunten Leben.., das still und einsam geworden war. Eine Frau spielte darin eine Rolle, eine untreue Frau! – das gibt es in aller Welt.

Wir sind uns noch an anderen Tagen oft begegnet, ohne mehr als den üblichen Gruß zu wechseln. Über unsere Angelegenheit haben wir nicht wieder gesprochen, höchstens, dass ich ihn bedrohte und fragte: Du liebe Zeit, wollen sie denn immer noch nicht sterben? Sie wissen doch, dass ich ihr Erbe bin! Er lächelte dann und rückte seinen Gummikragen zurecht und antwortete höflich: Oh, danke! Da wird wohl noch nichts von; mir geht es gesundheitlich besser! Ach, sein Anzug wurde immer schlechter, sein schwarzer Hut bläulicher und mit ihm selbst ging es böse bergab.

Ich verließ die Stadt und versuchte mein Heil in der Fremde. Nach meiner Rückkehr ist er mir nicht wieder über den Weg gelaufen. Ich weiß es nicht, aber er wird nicht mehr leben. Er wäre mir sonst wohl schon mal wieder begegnet, mit der Aktentasche unterm Arm und einem verlorenen Lächeln auf dem müden Gesicht. Schade, ich hätte ihm gerne noch mal ein gutes Wort gesagt, nicht wegen der Erbschaft – das war ja nur Unsinn und Spielerei von mir – sondern weil ich so jung und frech gegen ihn war.

Das Mädchen Marie schläft allein

Die schlesische Kleinstadt hielt ihren Herbstmarkt ab. Albert und Marie lernten sich auf einem Tanzsaal kennen. Es war ein großer schöner Saal mit Girlanden und blankem Parkett. Sie tanzten zuerst einen Walzer. Nachher alles ,was vorkam. Zum Schluss brachte der Junge das Mädchen nach Haus.

Es war das erste Mal, dass der Junge ein Mädchen nach Hause brachte. Er war gespannt, was er noch alles erleben würde. Seine Aufregung war groß. Das Mädchen drückte ihn so lieb, dass er wohl einiges annehmen konnte. Oh, nein! Seine Aussichten standen beim ihr nicht schlecht. Keineswegs. Es war sein gutes Recht, anzunehmen, dass er sie …

…dass er sie noch weiter begleiten würde, als bis an ihre Haustür. Sie wohnte außerhalb der Stadt, wohl schon mehr auf dem Dorf. Dieser Umstand erhöhte Alberts Chancen wesentlich. Es ist doch so, dass auf dem Dorf die Mädchenkammern meist zu ebener Erde liegen. Das ist sehr wichtig.

Es war nur dumm, dass der Junge in der Gegend keinen Bescheid wusste. Das Mädchen führte ihn durch die Dunkelheit; er musste sich von ihr führen lassen; sonst blieb ihm nichts übrig. Doch! Er war lieb zu ihr und warb mit heißem Herzen und vielen Küssen um ihre Gunst.

Marie brachte es nicht fertig, ihn so ohne weiteres nach Hause zu schicken. Der Junge war so stürmisch. Sie kamen nach vielen Wenn und Aber und Erklärungen und Beschwörungen überein, dass Albert vorläufig draußen warten sollte. Sie versprach das Schönste und wollte bloß mal eben nachsehen, ob die Luft auch rein wäre.

Das Mädchen ging durch große dunkle Schatten und schloss eine Tür auf und zu und der Junge horchte angestrengt in die Dunkelheit. Er stand wie auf Kohlen, knapp, dass er seine Aufregung meistern konnte. Mein Gott, es war das erste Mal, dass er den Liebhaber spielte!

O glücklicher Schrecken. Ein Fenster wurde geöffnet. Eine Stimme war zu hören – Maries Stimme! Und diese Stimme rief schmeichelnd: Du, Albert!

Wirklich schmeichelnd, so klang diese Stimme. Wie das Versprechen selbst! Albert beugte sich gegen die Dunkelheit und rief zurück: Ja, Marie, hier! und seine Stimme klang hell und fein wie der Jubel und das Glück. Das Mädchen ist doch das Schönste auf der Welt und mir allein soll es gehören! Ihre schmeichelnde Stimme klang noch einmal durch die Dunkelheit: Du, Albert!

Ja, Marie hier!

Du, Albert! Albert kannst du schleechen?

Marie, du Schönste von allen Mädchen…. Dem Jungen raste das Blut durch die Adern, das Herz klopfte und schmerzte. Oh, er wollte schleechen, schleechen wollte er, wenn es sein musste, bis ans Ende der Welt. Schleechen, Marie? Ja, Marie schleechen!

Dann schleech heeme!

Kein Wort mehr, kein Gruß, kein Lachen, Nichts. Nur
das Fenster lärmte in seinen Angeln, für Augenblicke
nur, nun nicht mehr. Mitleidlos und erbärmlich lag die
Nacht mit ihrer Dunkelheit und Stille über dem Wohn-
wesen. Die Fremde um Albert war riesengroß. Solch
einen Abschied hatte er nicht erwartet. Bestimmt nicht!
Er ballte die Hände zu Fäusten und spürte nicht den
Druck seiner Fingernägel. Ach, er knirschte wohl gar
mit den Zähnen! Verdammt, den Jungen packte eine
Wut und Ohnmacht – die Weiber sollten ihm ein für alle
Mal gestohlen bleiben. Verlassen stand er zwischen
großen Schatten und konnte sehen, wo
Er blieb. Das Mädchen Marie schlief allein.

Das Mädchen mochte mich nicht leiden
An der Ostsee traf ich Bert wieder. Wir kannten uns. Er
machte in Konfektion. Als kleiner Angestellter: Monats-
gehalt: 140 Mark. Ich kann aufsteigen, sagte er. Er sagte
das so, dass ihn seine Freundin hören konnte. Sie war
blond und klein und zierlich. Eigentlich mein Fall. Damals wenigstens. Es ist schon eine Zeit her.
    Sonntags lagen wir wie die Kurgäste am Strand. Wir
ließen uns von der Sonne bescheinen. Ich hatte eine Zeitung mitgenommen. Bert seine Freundin. Lesen konnte
ich nicht recht; ich war zu müde. Schlafen konnte ich
nicht recht; das kleine Mädchen plapperte. Mein Mann
muss mindestens mal 300 Mark im Monat verdienen,
sagte sie, sonst kann ich nicht auskommen. Sie war
wirklich sehr hübsch. Ich mochte sie ganz gern. Was sie
sagte, mochte ich nicht gern. Ich will kein Hungerleben
führen, sagte sie, mit Kinderwäsche waschen und Essen
kochen. Sie sah gegen den Himmel und beachtete Bert
nicht. Bert himmelte das Mädchen an; er war böse in sie
verschossen. Das fällt mir gar nicht ein, sagte sie, wo

mein Vater sich so raufgearbeitet hat. Ihr Vater war
Gemüsehändler und verdiente ganz gut. Bert versicherte, er könnte sich auch raufarbeiten. Als Abteilungsleiter
würde er bestimmt 300 Mark im Monat verdienen. Das
blonde Kind zog eine Schnute. Doch! 300 Mark das ist
das Wenigste, beteuerte Bert. Und wann ist das? Wollte
das Mädchen wissen. Praktisch ist sie auf jeden Fall,
dachte ich. Bert zuckte die Achseln. Er sah sehr unglücklich aus. Das ist der ganze Kram nicht wert, sagte
ich laut. Das Mädchen mochte mich nicht leiden.
    Wir trennten uns.
Bert traf ich nach Jahren wieder. zufällig. Die Welt ist
ein Dorf, sagten wir und gaben uns die Hände. Ich fragte ihn nach dem blonden Mädchen. Bert erinnerte sich.
Er erinnerte sich sehr gut. Ich weiß nicht, was aus ihr
geworden ist, sagte er mit leiser Stimme. Er sah an mir
vorbei. Sicherlich hatte sie ihm einen Korb gegeben. Er
verdiente ihr vielleicht nicht genug. Heute verdiente er
viel mehr. Er war Reiseleiter für eine große Firma, besaß
eine Wohnung, einen Wagen und die gelbe Mitglieds-
karte vom kaufmännischen Verein. Die gelbe Mitglieds-
karte bedeutete Geld, stinkend viel Geld.
    Über das blonde Mädchen sprachen wir nicht wie-
der. Er wusste nicht, wo sie abgeblieben war. Vielleicht
hätte er das gern gewusst …
    Wir trennten uns.
Ihre Adresse hätte ich Bert schreiben können. Ich habe
das nicht getan. Man muss seinen Freunden überflüssi-
ge Nachrichten ersparen. Das Mädchen hatte sich verheiratet. Wahrscheinlich einen ordentlichen Menschen
mit Tagschichten und wöchentlichem Geld. Sie sah
immer noch nett aus. Nur etwas spitzer im Gesicht und
voller in den Hüften, aber sonst ganz in Ordnung. Sie
saß im Park einer ostdeutschen Hafenstadt und ließ ihre

Kinder im Sand spielen. Sie hatte zwei, sie konnte wohl noch mehr kriegen. Die beiden Kinder waren sauber in Zeug, Waschanzüge und so. Die Mutter schien gut für sie zu sorgen. Wenn ich mich nicht irre, sah ich in ihren Händen ein Nähzeug. Ich habe nicht mit ihr gesprochen. Mein Zug fuhr, ich musste machen, dass ich an die Bahn kam.

Eigentlich hätte ich ihr ein paar Worte sagen müssen, nicht wahr? Von wegen damals und Bert und so. Ach, es ist ganz gut, dass ich nicht mit ihr gesprochen habe. Sie mochte mich sowieso nicht leiden. Und dann hatte sie sich damals so angestellt - und nun? – und deswegen: Es wäre, mir unangenehm gewesen. Nun war sie eine richtige Mutter mit Kindern und allem. Ich freue mich immer, wenn ich richtige Mütter sehe.

„Den alten Agenten" habe ich gekannt. Genauso wie ich ihn beschrieben habe.

Als der alte Agent mir begegnete, habe ich es mir nicht träumen lassen, dass ich ihn einmal literarisch verwerten würde. Ich war noch jung. Und wenn ich mich auch schon etwas im Leben umgesehen hatte, so war ich doch noch keineswegs vermessen genug zu schriftstellern oder auch nur daran zu denken, diesen Beruf einmal auszuüben.

Gewiss, ich erinnere mich, dass ich zu jener Zeit alles verschlang, was mir an Lesbarem unter die Finger fiel. Doch ohne einen festen Plan, wahllos, wie ich es leider auch noch bis auf den heutigen Tag betreibe.

Jedes Stückchen bedrucktes Papier fesselte mich. Das Gelesene aber nahm ich nicht willkürlich auf, sondern fügte es mir gleichsam ein. Der Inhalt des einen Artikels sagte mir zu, während ich den Inhalt eines anderen Artikels ablehnte. Ohne ein bestimmtes äußeres Zutun mich meinem inneren Gefühl überlassend.

Das Schicksalhafte, was den alten Agenten umwitterte, hat mich sicherlich stark beeindruckt. Das menschliche Schicksal war es wohl, was mich eines Tages zur Feder greifen ließ. Um festzuhalten und anzuklagen. Um zu helfen und zu ordnen. Um zu gestalten und auszusagen.

Was ich zuerst zu Papier gebracht hatte, war ein unartikulierter Aufschrei gewesen, begleitet von einer Freude und einer Qual, die mir auch heute noch jede Zeile bereitet. Immer wieder glaubte ich, etwas Ordentliches und Großes zu produzieren. Und immer wieder sah ich ein, dass ich mich irrte. Unzählige Manuskripte habe ich verbrannt. Mit einem inneren wieder=frei= werden. Und auch mit dem Vorhaben, keine Zeile wieder zu schreiben. Doch der innere Trieb war immer stärker, als der in einer Schwermutsstunde gefasste Vorsatz.

Sieben Jahre benötigte ich, um mich in den Stand zu versetzen, die Geschichte „Der alte Agent" zu erzählen. In 10 Minuten. Ich hatte das Gerüst, in das ich den Stoff fügen wollte deutlich vor Augen. Die Worte fügten sich nun gleichsam von selbst aneinander.
Der Wurf gelang.

Das wusste ich und das wusste ich auch nicht. Erst als meine Freunde das kleine Kunstwerk bestätigten, kehrte es zu mir zurück. Doch als ich etwas über seine Entstehung aussagen sollte, erinnerte ich mich nicht.

Die Geschichte „ Das Mädchen Marie schläft allein" entstand ungefähr zu der gleichen Zeit wie der „Alte Agent".

Eine Geschichte muss eine Pointe haben, hatte man

mir gesagt. Nach dieser Theorie habe ich mich gerichtet. Sie bestimmt die Verarbeitung des Stoffes.

Die Fabel habe ich übernommen. Und zwar von einem Arbeitskollegen, mit dem ich auf der Baustelle gearbeitet habe. Der Junge konnte gut erzählen. Ich habe ihm auf den Mund geguckt und seine Späße nach Feierabend Wort für Wort aufgeschrieben.

Manfred Hausmann hatte es mir empfohlen, mich mit der kleinen Form zu versuchen. Um zu lernen. Um mir das Rüstzeug des Schriftstellers anzueignen. Um legitime Kunst zu schaffen.

Sie können schreiben, sagte der Schriftsteller. Aber Sie sind noch nicht so weit. Ihnen fehlt noch etwas. Halten Sie sich zunächst an die kleine Form. Beschäftigen Sie sich mit der einer Begegnung, einem Vorkommnis, einem Ereignis. Bringen Sie zu Papier, was Sie hören und sehen und was Ihnen Spaß macht.

Ich arbeite auf einer Baustelle, wandte ich ein.

Das ist der richtige Platz, sagte der Schriftsteller. Achten Sie darauf, was Ihre Kameraden erzählen. Sie werden sich wundern, wieviel Talente es unter den einfachen Menschen gibt.

Der Mann hatte Recht. Bislang war es mir noch nicht aufgefallen; aber nun wurde ich hellhörig. Ich schrieb auf, was ich bemerkenswert und interessant hielt. Möglichst in der Wortfolge der Erzähler. Und auch auf ihre Gesten und Gebärden achtete ich.

Auf diese Weise kamen keine Kunstwerke zustande. Den Notizen fehlte die Dichte und das beziehungsvolle einer künstlerischen Arbeit. Dennoch ist die Mühe, die ich aufwandte wohl nicht vergeblich gewesen. Ich kam mit meiner Kunst voran. Das bemerkte ich und das beglückte mich. Mit der Fabel von dem Mädchen Marie, das allein schläft, gelang mir ein Wurf, der anerkannt wurde. Hier und da rümpfte man über die unmoralische Seite der Geschichte die Nase. Doch was geht das den Künstler an?

Mit der Geschichte: „ Das Mädchen mochte mich nicht leiden" hatte ich Glück. Die Zeitungen brachten die Arbeit. Sie entwickelte sich für meine Verhältnisse zu einem richtigen kleinen Schlager.

Ich nehme an, dass das Thema „ erwünscht" war. Ich entwickelte es aus einem Gespräch, dessen Ohrenzeuge ich als junger Mann geworden war. Der werbende Mann und das patzige Mädchen waren mir nicht wieder aus dem Sinn gekommen. Zur Strafe verwandelte ich sie in eine sorgende Mutter und ihn in einen reichen Kaufmann. Mit einigen Verschachtelungen packte ich den Stoff an. Er zeigte sich gefügig und rundete sich überraschend nett ab.

Über den Schluss der Geschichte war ich mir, wie mir das später oft ergangen ist, am Anfang noch nicht ganz klar gewesen. Er kam mir aber gleichsam entgegen. Das Mütterliche hat mich von jeher besonders stark angesprochen; nun konnte ich ihm ein kleines, bescheidenes Denkmal setzen. Zu meiner inneren Freude und Genugtuung.

Man erwartete nun gewissermaßen von mir entsprechende Fortsetzungen. Doch was ich auch anpackte und niederschrieb, erwies sich als Fehlleistung. Stattdessen nahm ich einen alten Romanentwurf wieder auf, mit dem ich überraschend gut von der Stelle kam. Die einzelnen Abschnitte hatte ich wahrscheinlich schon im stillen Zwiegespräch oftmals durchgekaut. Nun flossen sie mir willig in die Feder.

Manchmal arbeitete ich an diesem Werk, bis ich ausgebrannt und müde war. Dann packte mich eine Niedergeschlagenheit, die Tage und Wochen dauerte. Bis der Mut wieder in mir zurückkehrte und ich mit der Niederschrift fortfuhr.

Im Frühjahr 1936 wurde ich abermals nach auswärts vermittelt und zwar landete ich in einem Arbeitslager, das auf dem Areal eines Barons von Hodenberg in Hudemühlen lag. Da die Schlafunterkunft überfüllt war, wurden mir mit zwei Kollegen zwei Räume im Dorf angewiesen, die aber weder Bettgestelle noch einen Schrank noch einen Tisch enthielten. Einige Strohsäcke lagen auf dem nackten Fußboden; das war das gesamte Mobiliar.

Zunächst stellte ich den Lagerführer zur Rede – das war ein ehemaliger Fremdenlegionär, der das Vertrauen des Bremer Arbeitsamtes besaß – er erklärte mir: Das kommt alles noch. Nur nicht von heute auf morgen. Wir müssen Geduld haben.

Und wann? Fragte ich.

Das wusste er auch nicht. Wende dich an den Chef. Ich kann da nichts ändern.

Der Chef war der Sohn eines Oberförsters des Herrn von Hudemühlen, dem man diese Notstandsmaßnahme als Unternehmen zugeschanzt hatte. Ich suchte ihn abends in seiner Wohnung auf, traf ihn leider nicht an und sprach lediglich mit seiner Mutter, der ich meine Wünsche bezüglich der Unterkunft vortrug.

Diese Frau fertigte mich barsch ab.

Sie sagte Schränke? Wozu brauchen Sie Schränke? Sie haben doch nichts in den Schrank zu hängen. Wenn ich das bloß höre: …

Ich antwortete genauso kratzbürstig: Ja, wir brauchen Schränke. Ich jedenfalls, ich habe Sachen, die ich in den Schrank hängen kann. Das ist kein Maßstab. Es kommt nicht darauf an, ein Hitlerbild – ich zeigte auf ein Konterfei des Osaf – an die Wand zu hängen, sondern für die Arbeiter ein entsprechendes soziales Verständnis aufzubringen.

Der Frau blieb fast die Spucke weg.

Ich drehte mich um und ging.

Als ich in die Unterkunft zurückkehrte – ich hatte inzwischen einen in der Nachbarschaft ansässigen Bauern aufgesucht und einen halben Liter Milch gekauft – begrüßten mich meine Kameraden aufgeregt. Der Chef wäre da gewesen und hätte nach mir gefragt. Er wollte mich verhaften lassen.

Nun, ich kann nicht behaupten, dass ich besonders glücklich zuwege war. Ich ließ die letzten Ereignisse noch einmal an mir vorübergehen und erklärte: Von mir aus könnt ihr auf dem Fußboden schlafen. Aber ohne mich. Ich verlange ein Bett und Schrank und Tisch.

Und elektrisches Licht, erinnerten mich die Kumpel.

Ja, das auch. Wir saßen nämlich im Dunkeln und behalfen uns mit dem Herdschein oder mit einer Kerze. Der Chef kehrte an diesem Abend nicht in unsere Unterkunft zurück, um mich zur Rede zu stellen. Ich ging am nächsten Morgen mit zur Arbeit und als ich abends ins Lager zurückkehrte, saß dort ein Beamter des Bremer Arbeitsamtes, der uns freundlich begrüßte. Der Chef war auch zugegen.

Die Vernehmungen zur Sache begannen unverzüglich und ohne große formale Vorbereitungen. Die Kollegen berichteten dem Beamten, der sie gefragt hatte, über die Lagerzustände. Ich brauchte meinen Mund überhaupt nicht aufzumachen. Alles kam chronologisch zur Sprache. Dem Chef blieb nichts anderes übrig als zu erklären: Also gut, Ihr bekommt Bettstellen und Schränke und einen Tisch.

Und elektrisches Licht? fragte ich.

Ja, schrie er mich an. Elektrisches Licht auch. Damit sie zufrieden sind.

Ich brauchte nur noch danke zu sagen.

Als wir am nächsten Tag von der Arbeit zurückkehrten, war die Ausrüstung komplett. Und auch das elektrische Licht funktionierte.

Obgleich ich nur 50 Pfennig pro Stunde verdiente und den Verdienst nicht durch Akkordarbeit wie beim Entgelt an der Autobahn verbessern konnte, richtete ich mir bei dem Sparkassenverwalter am Ort ein Konto ein, auf das ich wöchentlich 10 Mark einzahlte. Ich plante nämlich, mir eine Schreibmaschine zu kaufen, ohne die ein Schriftsteller nicht auskommen kann. Der Rendant der Sparkasse war gleichzeitig auch der Vertrauensmann der Auskunfteien. Und wenn ich mir nun eine Maschine bestellte, so konnte der Auskunftgeber beruhigt sagen: Der Mann ist in Ordnung. Liefert ihm die Maschine.

Und man lieferte mir die Schreibmaschine. Ich erhielt von den Olympiawerken eine Reiseschreibmaschine, zahlbar in 12 Monatsraten zu 10 Mark. Nun konnte ich meine Niederschriften handwerksgerecht anfertigen. Kein Setzer ist laut Tarif verpflichtet, ein Handmanuskript zu lesen; es muss maschinengeschrieben sein. Aber wie schwierig ist es für einen mittellosen Anfänger, erstmal in den Besitz einer Schreibmaschine zu kommen!

Einen Punkt möchte ich in diesem Zusammenhang noch erwähnen: Meinen Kriegsstandpunkt zur deutschen Sprache. Ich verwechselte am laufenden Band mir und mich, genauso, wie ich es von Zuhause mitbekommen hatte. Meine Eltern sprachen miteinander plattdeutsch. Nein, mit meiner Schulwissenschaft war es nicht weit her.

Auf Anraten von Bastian Müller kaufte ich mir ein kleines Übungsheft der deutschen Sprache, das ich aufmerksam durcharbeitete und mit dem ich die leidigen Mängel bald behob. Den Duden muss ich allerdings auch heute noch zu Hilfe nehmen! Doch darauf ist wohl jeder Germanist angewiesen.

Die Unterkunftslager waren gemütlicher und wohnlicher geworden. Das brachte es wohl mit sich, dass die Kollegen nicht wie bisher ihre Abende im Wirtshaus verbrachten, sondern auch mal zu Hause blieben. Um sie zu unterhalten zeichnete ich auf dem Tisch ein Mühlespiel ab. Die Spielmarken stellten wir auch selbst her, indem wir einen Besenstil in gleiche Abschnitte aufteilten. Es setzte ein Wettbewerb ein, wer die besten Sachen entwickelte. Und dann mieteten wir uns auch ein Radio; das konnten wir uns leisten.

Irgendwie lag es in der Luft: Ein Heimabend wurde organisiert mit Budenzauber und Schnaps und Bier. Das Fest gelang über alle Maßen gut. Alle waren begeistert. Man hatte sich köstlich amüsiert und dabei war das alles gar nicht so teuer geworden.

Der Dorfwirt machte ein dummes Gesicht. Er blieb jetzt manchmal abends allein. Seine guten Gäste aus dem Lager kamen nicht. Wenn es freitags Geld gab, tauchte er in der Unterkunft auf, um es einzuziehen, denn die meisten standen bei ihm in der Kreide. Das gab natürlich jedes Mal für die Betroffenen lange Gesichter. Dafür durften sie dann aber auch wieder zu ihm kommen und trinken und rauchen und neue Schulden machen. Auf diese Weise hatte er sie fest in der Hand und der wöchentliche Lohn war ihm sicher.

Die Kollegen befanden sich in einem Kreislauf, aus dem es keinen Ausweg gab. Mich ärgerte die ungewöhnlich hohe Kreditgebung des Wirtes und ich empfahl seinen Schuldnern, ihm wöchentlich einen bestimmten Betrag abzubezahlen und im Übrigen nichts wieder anschreiben zu lassen. Der Wirt war mit diesem Vorschlag nicht einverstanden. Er musste sich aber wohl oder übel damit abfinden, denn sonst hätte er nichts bekommen und das ist noch weniger.

Durch diese Umstellung erhielt das unter den Dorfbewohnern verrufene Arbeitslager ein neues Ansehen. Man begann achtungsvoll über die jungen Leute aus der Stadt zu sprechen und manche Dorfschöne, die bisher geflüchtet war, wenn ein fremder Arbeiter auftauchte, zeigte sich weniger spröde.

Obgleich ich nur im Hintergrund wirkte, war ich doch die Seele vom Ganzen. Es machte Spaß, die Jungen anzuleiten. Das Leben, das wir jetzt führten war mit Willen so schön, wie die Saufabende im Dorfkrug. Wir bauten unsere Heimabende aus und luden auch Gäste ein. Es war eine wunderschöne Zeit.

Ja, und dann wurde gewählt. Was man im damaligen Deutschen Reich „wählen" nannte. Man konnte seine Stimme abgeben und jede Stimme, die an der Wahl teilgenommen hatte, wurde als positiv gezählt. Wir kamen überein, unsere Stimmzettel ungültig zu machen. Das ergab sich durch eine Bemerkung des einen zum anderen, keineswegs durch einen allgemeinen Beschluss. Nichtsdestoweniger war es für uns eine unausgesprochene Ehrensache: Wir stimmen dagegen.

Am Wahlabend saß ich im Dorfkrug am runden Tisch der Honoratioren. Ein SA-Führer in Uniform war dabei. Er schäumte Wut und Galle, weil in dem Gemeindewahlbezirk 16 ungültige Stimmen abgegeben worden waren. Mir lief es eiskalt den Buckel rauf und runter, zumal der große Mann die Nein=Sager alle hängen lassen wollte. Unsere Lagerbesatzung bestand genau aus 16 Mann. Doch auf diese Lösung kam der wutentbrannte SA-Führer nicht. Die Stammtischrunde, in der er sich empörte, schwieg sich aus und auch ich guckte ihm treu blau in die Augen. Immerhin!

Im öffentlichen Wahlbericht spielten die 16 nein Stimmen keine Rolle; sie wurden als positive Stimmen gewertet. Erfolg: 99,4% für den großen Führer.

An diesem Ort wurden wir zunächst als Wegebauer eingesetzt. Wir ebneten einen Weg ein, der in ein gewaltiges Waldgebiet führte. Dieses reiche Holzvorkommen gehörte zum Gut. Der Besitzer konnte damit aber nicht viel anfangen, weil das geschlagene Holz schlechter Wegeverhältnisse wegen nur schwierig abzutransportieren war.

Nachdem wir den Kilometerlangen Weg eingeebnet hatten, setzte über Nacht ein harter Frost ein und nun begannen die Fuhrleute mit dem Abfahren des Holzes. Tag und Nacht wurden die Stämme an die Aller gefahren und auf diesem kleinen Fluss zu Flössen vertäut, die man auf dem Wasserwege auf die Reise schickte.

Ein Vorgänger des jetzigen Besitzers hatte bereits vor vielen Jahren einen Kanal von der Aller bis in das Waldgebiet legen lassen. Doch das Bauvorhaben war geplatzt und nie in Besitz genommen worden. Man konnte den Verlauf des Kanals noch verfolgen, obwohl er inzwischen mit all seinen Geheimnissen zugewachsen war.

Der Erbauer des Kanals war damals noch ein außerordentlich begüterter Edelmann gewesen, während die Vorfahren des jetzigen Besitzers ihr Vermögen verspielt und vertan hatten. Durch einen glücklichen Umstand gelang es der Mutter des jetzigen Barons, den Besitz in der Inflationszeit aufgrund vertraglicher Abmachungen (Rückkaufsrecht etc.) zurückzuerwerben. Inzwischen ist der begüterte Baron verarmt. So tauschen sich im Laufe der Jahrzehnte die Rollen.

Der Baron lebte wie ein Bauer. Er packte auch mit zu, wenn es sein musste. Während der Frostperiode arbeiteten wir in seinen Wäldern. Unsere Aufgabe war es, Fichten und Tannen anzupflanzen. Ich hatte die kleinen Bäume ziemlich kreuz und quer durcheinander gesetzt. Es genierte mich, als der Baron neben mir auftauchte, dass ich es nicht besser auf Vordermann gebracht hatte.

Ich entschuldigte mich bei dem Herrn: Sie stehen ja nicht gerade in einer Linie.
Das schadet nicht, beeilte er sich mir zu versichern. Wir sind hier nicht bei den Preußen. Das ist gut so.

In späteren Jahren erzählte man mir, dass ihn der Tod eines Mitarbeiters, der auf seinem Gut verunglückt war, so erschüttert habe, dass er es verkauft hatte. Er soll sich dann in Ostdeutschland ein großes Anwesen wieder gekauft haben. Doch damit ist es ja heute auch aus.

Übrigens erzählten mir die kleinen Leute aus Hudemühlen – jetzt Hodenhagen- dass sie bis 1918 noch lehnspflichtig gewesen wären. Einige mussten jährlich einen bestimmten Betrag bezahlen, um alte Verpflichtungen gegenüber dem Gut und dem Herzog von Celle abzulösen. Andere mussten bis zu diesem Zeitpunkt noch Naturalabgaben leisten. Ich hätte diese Verhältnisse gern näher studiert, bin aber nicht dazu gekommen.

Nachdem wir im Frühjahr noch tausende von Setzlingen für den Herrn Baron gepflanzt hatten, war unsere Stunde in Hudemühlen abgelaufen und wir kehrten in die Stadt zurück.

Ich hatte inzwischen einen Haufen Kurzgeschichten geschrieben, die mir Manfred Hausmann mit dem Bemerken zurückreichte: Ich habe ihre Arbeiten gern gelesen. Sie haben alle etwas Amerikanisches an sich, aber dann auch wieder solch einen unverkennbaren deutschen Stich…
   Der Brief lag auf dem Tisch, als mein Vater mich besuchte. Da er meinen Schreibkünsten äußerst misstrauisch gegenüberstand, gab ich ihm das Schreiben in die Hand.
   Er setzte seine Brille auf und studierte es aufmerksam durch. Dann gab er mir den Brief zurück mit der Frage: Hat der Mann was gelernt?
   Das ist ein Doktor, antwortete ich.
   Ein Doktor? Meinte er. Dann muss da ja wohl was dran sein.
Aber ich glaube nicht, dass ich ihn überzeugt habe. Andererseits erklärte er seinen Maurerkollegen, die in der Zeitung unter einer Kurzgeschichte unseren Namen entdeckt hatten: Bei dem Lohn, der heute gezahlt wird, muss man sich ja nachts an den Schreibtisch setzen und Geschichten schreiben, sonst kommt man nicht zurecht.

Nachstehend bringe ich die Seiten zum Abdruck, die Manfred Hausmann, mir zurückgegeben hatte.

Das Kontobuch
Der Vater kam besorgt nach Haus; im Geschäft wollte es nicht klappen. Die Mutter wusste das; ihre Bewegungen waren langsam und müde. Das Geld fehlte, das Nötigste zum Leben. Seit Tagen schon, hing ein Verhängnis

dumpf und drohend über der Familie. Die Kinder hockten zusammen wie verschüchterte Küken. Hans, der Älteste machte sich schwere Gedanken.

Kein Geld, was bedeutet das nicht alles! Kein Brot, kein Heim, kein Leben. Die Mutter sorgte sich so sehr. Sie sagte: Ich weiß nicht mehr aus noch ein. Zu jeder Mahlzeit stellte sie den Kindern zu essen auf den Tisch. Sie sagte: Nun esst doch! Den Kindern schmeckte es nicht. Sonst hätte es ihnen wer weiß wie gut geschmeckt, aber nun nicht. Der Mutter war das nicht recht.

Hans wusste nicht, wie das noch werden sollte. Der Vater war so ernst; die Mutter war so traurig; das Geld fehlte. Was ist das für ein kläglicher Zustand, wenn das Geld fehlt. Dann ist alles so dumpf, so unentschlossen und hilflos; so empfand Hans die Not; und außerdem mächtig, unabwendbar, nicht zu entgehen. Geld haben aber ist ganz was anderes! Das ist ebenso wichtig wie Sonnenschein und Fröhlichkeit und liebes Lächeln. Nein, Geld hatten sie nicht.

Als die Not am größten war, erfand die Mutter eine Hilfe. Hier hast du ein Buch, Hans, sagte die Mutter. Gehe zum Kaufmann und hole das, was da drin steht.

Und Geld? fragte Hans.

Du brauchst kein Geld, sagte die Mutter mit hartem Gesicht.
Nimm das Buch und gehe!

Hans ging. Er gab dem Kaufmann das Buch und verlangte das Aufgeschriebene und erhielt einen Korb voll Waren und dankte und machte, dass er auf die Straße kam. Er war heilfroh, dass er die Ware hatte – ohne Geld! – das Buch hielt er fest in beiden Händen.

So richtig konnte er das immer noch nicht begreifen: Der Kaufmann hatte ihm Waren gegeben, ohne Bezahlung, einfach auf das Buch- das war großartig schön! Fast so schön wie ein Wunder. Wohl das Wunder selbst: Ein Buch und Ware und alles ohne Geld! Nun hat alle Not ein Ende, dachte Hans. Nun sind wir gerettet; nun geht es uns nicht mehr so schlecht.

Überglücklich trug er den vollen Korb heim. Unterwegs erzählte der Junge dem freundlichen Onkel Gärtner, dass es ihnen nun besser ginge und dass sie ein Buch hätten – hier, dieses Buch! – und Waren holten könnten so viel sie wollten.

Der Gärtner lächelte gutmütig. Er sagte: Das freut mich. Alle Menschen freuen sich wohl über das Glück: Ein Buch und Ware und alles ohne Geld. Hans erzählte das überall, auch der Frau des Bürstenbinders, sie sonst immer so mürrisch gewesen war, nun aber lachte.

Die Not hatte ein Ende. Es gab wieder volle Schüsseln und den Kindern schmeckte das Essen. Sie saßen mit den Eltern am Tisch, als die Mutter zum Vater sagte: es ließ, sich nicht anders machen. Wir müssen sehen, dass wir durchkommen. Freitag muss ich zuerst den Kaufmann bezahlen.

Der Vater nickte. Die Mutter war immer noch bekümmert, obgleich sie doch das Buch hatten und alles. Als Hans das erwähnte, sagte die Mutter ärgerlich: Junge sei still!

Am Freitag bezahlte sie den Kaufmann. Hans war dabei. Er sah, wie der Kaufmann das Buch nahm und wie die Mutter das Geld auf die Zahlbank legte.

Der Kaufmann sagte: Alles in Ordnung.

Die Mutter dankte.

Hans sagte nichts. Der Kaufmann schenkte ihm eine Handvoll Bonbons und der Junge sagte immer noch nichts. Er dachte an das Buch und die Ware und das große Glück – nichts blieb davon über. Er schämte sich nun, dass er so dumm gewesen war und daran geglaubt hatte.

Die Bonbons schmeckten ihm nicht; er schenkte sie den Geschwistern. Dem freundlichen Onkel Gärtner ging er im weiten Bogen aus dem Weg. Die Frau des Bürstenbinders guckte er nicht mehr an. Das Kontobuch verbarg er vor den Leuten.

Der kleine Bruder

Der Vater kam von der Arbeit nach Haus. Die Mutter brachte das Essen auf den Tisch. Es war so, wie es sonst war und doch anders: Ein kleiner Bruder war angekommen. Vor einigen Tagen hatten sie die Mutter aus der Wöchnerinnenstation abgeholt. In einer Droschke: Die Nachbarin fuhr mit, der Vater saß neben Hans, beide mit dem Rücken zum Kutscher; die Frauen hatten die Poliersitze inne. Das wurde eine feine Fahrt im offenen Wagen und mitten durch die Stadt. Alle Leute sahen, wie sie so dahinfuhren, im Sonnenschein und mit viel Fröhlichkeit. Die Mutter war glücklich; sie trug ein Bündelchen auf dem Arm. In dem Bündelchen lag der kleine Bruder; für Hans unbeholfen anzusehen und seltsam zu bedenken. Am schönsten war die Wagenfahrt.

Zu Haus setzte sich das Leben mit mancherlei Aufregung fort: Tanten kamen und gingen. Alle hatten es wichtig. Sie beugten sich über den Wäschekorb und besahen den kleinen Bruder und fanden ihn allerliebst und was nicht noch alles: Sie waren erstaunt und erfreut, solche Gesichter machten sie...

Der kleine Bruder war bescheiden. Er schlief oder guckte mit großen Augen in die Welt. Manchmal weinte er ja auch. Aber dann nahm ihn die Mutter auf und gab ihm die Brust und packte ihn sauber ein und alles war gut. Hans wunderte sich bloß, dass der Mensch so klein war und dass er selbst auch…. Das war nicht auszudenken!

Er hatte nun einen Bruder, einen richtigen Bruder. Die Mutter hatte alle Hände voll zu tun! Wenn der Vater nach Hause kam, schaukelte er die Wiege. Wenn sie bei Tisch saßen, unterhielten sich die Eltern über das Kind. Den ganzen Tag hieß es: Das Kind! Das Kind!

Und wer kümmerte sich um Hans? Keiner! Der Junge konnte alles auf den Kopf stellen, konnte sogar Vaters Schreibtisch als Burg einrichten; das war so gut wie wirkungslos. Höchstens hieß es: Sei still! Mach keinen Lärm! Sei artig! Dein Bruder schläft!"
Hans konnte bei Tisch essen oder nicht essen; das fiel gar nicht auf. Selbst, wenn er unter den Tisch rutschte und missvergnügt auf eine Fußbank hockte, rührte das weder die Mutter noch den Vater. Durch das Kind vergessen sie Hans noch ganz und gar.

Da saß der kleine Held nun auf der Fußbank fühlte sich - frei herausgesagt – zurückgesetzt. Immer das Kind, dachte er wohl, immer das Kind… Bruder hin und Bruder her! Und wo bleibe ich? Er saß unter dem Tisch auf einer Fußbank und kein Mensch kümmerte sich um ihn.

Wo steckt denn Hans? Fragte der Vater.
Die Mutter beugte sich unter den Tisch und fragte: Was ist denn mit dir los, Junge?

Hans sagte nichts; er bewegte sich nicht; er war wohl gar nicht mehr da.
Die Eltern sprachen miteinander und lachten beide. Und die Mutter sagte: Er hat nun einen Bruder bekommen, deswegen. Ganz sachlich sagte sie, viel zu sachlich für seinen Schmerz. Sie machte sich wohl noch lustig über ihn, richtig lustig.

Die Mutter aber stand auf und nahm den Jungen in

ihre Arme und war ganz lieb zu ihm, ganz so wie früher immer und sagte: Du bist doch unser großer Junge und hast nun einen kleinen Bruder und ihr seid beide unsere Kinder.

Das sagte die Mutter. Hans nickte und schmiegte sich an sie wegen der Tränen – die brauchte kein Mensch zu sehen! – er war ja so glücklich. Die Mutter gehörte doch auch ihm und der Vater sorgte für sie alle und das kleine Kind war sein Bruder, sein wirklicher Bruder.

Der Besuch

Die Kinder lärmten auf der Straße. Die Mutter hantierte in der Küche. Alles war gut und schön: Ein fröhlicher Tag, ein heiterer Beginn – bis die Frau kam.

Sie kam in großer Aufmachung: Hut, Mantel, Tasche, Schirm, alles nach der neuesten Mode. Die Mutter war erstaunt über den Besuch und sagte: Bitte! Sie führte die Frau in die Stube und bat Platz zu nehmen. Die Mutter war erschrocken; das sah man ihrem Gesicht an.

Was machen sie eigentlich mit ihrem Jungen? fragte die Frau.

Der Junge? Die Mutter bangte wohl um eine schlechte Nachricht und fragte hastig: was hat er denn nun wieder angestellt?

Ich meine, sagte die Frau, wie Sie es anstellen, dass Ihr Junge in der Schule so gut lernt?

O, rief die Mutter, das meinen Sie! Und lächelte verlegen und froh.

Ihr Junge lernt so gut, sagte die Andere und unser Junge – sie zuckte die Achseln und blickte bekümmert drein – unser Junge nicht.

Die Mutter sah das Gesicht der Frau und hätte ihr gern eine Antwort gegeben; ihr fiel aber wirklich nichts

Rechtes ein.

Aber Sie müssen das doch wissen! Rief die Frau erregt. Sie sind doch die Mutter.

Sie richtete sich auf und sah größer und böser aus und die Mutter wurde kleiner und weniger. Nein, sie wüsste wirklich von nichts; das beteuerte sie.

Was stellen sie mit ihrem Jungen bloß an, dass er so gut lernen kann? Fragte die Frau abermals.

Er geht zur Schule und lernt. Er lernt so viel, sagte die Mutter. Da kommen wir nicht mit. Ich ging zur Dorfschule und mein Mann auch. Wir stammen aus einfachen Verhältnissen.

Das ist es ja gerade, sagte die Frau. Ihr Mann ist Handwerker und mein Mann ist am Büro und wir haben ein eigenes Haus und alles und unser Junge…

Die Frau sah unglücklich aus. Die Mutter bemerkte das und sagte ja und hätte gern geholfen, aber sie kannte sich nicht aus. Die Frau sagte nichts mehr. Sie stand auf und verabschiedete sich.

Der Tag wurde unruhig. Keine behagliche Stimmung mehr da und kein frohes Hantieren.

Abends kam der Vater von der Arbeit nach Haus. Bei Tisch erzählte die Mutter das mit dem Besuch. Sie musste alles genau berichten; dem Vater machte das viel Spaß. Als die Mutter erzählte: Ihr Mann sei ja nur Handwerker und meiner ist am Büro, lachte der Vater hellauf. Als dann noch das mit dem eigenen Haus kam, war die Lustigkeit groß.

Der Vater sagte: Für eigene Häuser kann man sich keinen Verstand kaufen. Das wäre sonst auch was! Ein Glück, dass es das nicht gibt. Hast du deine Schularbei-

ten gemacht? Fragte er den Jungen. Ja, antwortete der.
Alles war gut.

Der Streit

Der Streit war nicht vorgesehen. Er brach plötzlich los.
Noch dazu am Sonntagmorgen. Die Sonne schien. Die
Gärten waren abgeerntet und sahen kahl und trostlos
aus: Aber die Sonne schien doch.

Der Vater grub die Erde um und Hans, der Junge,
half ihm. Das machte Spaß, denn sie leisteten richtige
Männerarbeit. Die Mutter und die Schwester waren zu
Haus geblieben und bereiteten das Essen – nichts als
Frauenarbeit. Land umgraben aber ist ganz was anderes! Das ist was für Männer. Hans war stolz und froh,
dass er dem Vater helfen durfte.

Der Junge ging das erste Jahr zur Schule. Er sah, wie
der Vater die schweren Erdbrocken umwarf, immer
wieder, ununterbrochen, ein großer, starker Mann. Das
war der Vater. Hans wollte auch einmal so groß und
stark werden. Das hatte er sich schon immer vorgenommen, aber noch nicht so fest wie heute Morgen, so
sehnsuchtsvoll und froh.

Richtiger Sonntagsfrieden lag über den herbstlichen
Gärten. Der schöne Morgen hatte die Gartenbesitzer –
vielleicht zum letzten Mal für lange Zeit - ins Freie gelockt. Sie riefen sich einen Gruß zu und traten auch
wohl an den Zaun, um mit dem Nachbarn ein Wort zu
wechseln. Sonst aber war jeder emsig um seinen Acker
bemüht.

Den Streit verursachte ein fremder Mann, der des
Weges kam und vor dem Tor stehenblieb. Er hielt sich
an einem Pfosten fest und rief: Das sage ich dir, ich bin
das nicht gewesen, der dir die Kartoffeln gestohlen hat,
ich nicht. Bilde dir das nicht ein.

Der Vater sah von seiner Arbeit auf und musterte den Fremden und sagte: Mach, dass du weiterkommst und lass dich hier nicht mehr sehen!

Und ich sage dir, dass ich das nicht gewesen bin, rief der Mann. Das lass ich mir nicht gefallen.

Ich auch nicht, sagte der Vater. Und jetzt verschwinde!

So siehst du aus! Trotzte der Fremde. Dies ist ein öffentlicher Weg und ich kann gehen und stehen, wo ich will.

Das zeige ich dir gleich, sagte der Vater, warte nur, du alter…

Er verschluckte ein Wort und sah sich nach dem Jungen um. Den Spaten hielt er vor sich in den Händen.

Du zeigst mir was? Fragte der fremde Mann. Er ließ den Pfahl los und richtete sich auf und schrie: Komm doch her, wenn du was willst! Doch er wankte hin und her und umklammerte erneut den Pfosten.

Der Vater stieß den Spaten in die Erde und trat einige Schritte vor. Er wollte es dem Störenfried wohl einmal gründlich zeigen. Hans, der Junge, wünschte nichts sehnlicher, als dass er ihn in die Flucht haute. Das traute er dem Vater zu. Ängstlich und beglückt zugleich erwartete er den Kampf und den Sieg.

Doch es geschah nichts.

Der Vater blieb stehen. Er sah den Fremden verächtlich an und schwieg. Dann griff er nach dem Spaten und grub das Land um, ganz so, als wenn nichts geschehen wäre. Der Mann aber stand am Tor und randalierte. Er gebrauchte große Worte wie ein Herr und Sieger.

Hans war enttäuscht. Kraft und Mut hatte er dem Vater zugetraut und nun ließ der große, starke Mann sich die Angriffe des Fremden kraftlos gefallen. Das war dem Jungen nicht recht.

Er sagte nichts. Er war noch zu klein und wusste nicht, was er davon halten sollte. Misstrauisch sah er den Vater von der Seite an. Der fremde Mann schimpfte noch eine Weile, dann torkelte er weiter.

In dem Jungen stieg ein Leid auf – die Arbeit machte ihm keinen Spaß mehr. Er war froh, als sie um die Mittagszeit nach Hause gingen. Doch auf das schöne Essen freute er sich nicht; er hatte keinen Hunger.

Bei Tisch erzählte der Vater von seinem Streit. Die Mutter und die Schwester waren froh, dass alles so glimpflich abgelaufen war.

Es hätte nicht viel gefehlt und ich hätte mich an dem Kerl vergriffen, erklärte der Vater. Doch er war betrunken und deswegen…

Ich kann den Menschen nicht ausstehen, sagte die Mutter. Immer sucht er Streit.

Lass ihn man, sagte der Vater. Ich habe keine Angst vor ihm. Wenn er nüchtern ist, kommt er nicht.

Hans war wieder froh und glücklich. Das sonntägliche Mittagessen schmeckte ihm gut. Aufmerksam betrachtete er den Vater, den großen, starken Mann – seinen Vater.

Der Wurf gegen das Fenster

Die Jungen wussten wohl selbst nicht, weshalb sie den großen Krach machten. Wohl nur zu ihrem Vergnügen und um die breite Frau zu ärgern, die in dem Haus hinter der Mauer wohnte. Ja, deswegen wohl hauptsächlich.

Immer, wenn die Kinder gerade im besten Spielen waren, guckte das alte Gesicht über die Mauer und keifte: Wollt ihr mal still sein! Oder: Macht nicht solch einen Lärm! So fauchte die Frau los; einfach nicht schön.

Nun war es soweit, dass die Jungen Krachmachen als

Spiel betrieben. Was sollen wir sonst anfangen? Fragten sie sich und warfen alte Klamotten gegen die Mauer und schrien, dass einem Menschen das Grauen ankommen konnte. Gespannt warteten sie auf das Gesicht der Frau. Wenn es sich zeigte, gab das jedes Mal einen besonderen Lärm, einen Lärm, indem jede Drohung und jede Bitte unterging.

Mochte die Alte auch noch so viel keifen, die Jungen kümmerte das nicht, nicht einen Deut. Wenn es darauf ankam, schrien sie chorweise: Das war richtig! Und: Das war gar nichts! Der eine wollte die alte Konservendose noch besser gegen die Mauer knallen als der andere. Wenn das so richtig gelang, sagten sie wohl: Das macht aber Laune, Mensch!

Klar, Laune machte das schon…

Bis dem einen Jungen der Wurf gegen das Fenster passierte.

Ungewollt natürlich! Er warf den harten Gegenstand etwas höher und über die Mauer und gegen das Haus und traf unglücklicherweise das Fenster: Es krachte und klirrte, alles in einem Atemzug; es war geschehen.

Die Jungen hielten die Hand vor den Mund, so, mit einem plötzlichen Begreifen. Sie waren still und erschrocken. Am erschrockendsten war der Werfer. Die anderen standen alle um ihn herum und sahen sich an und sagten: Das mit dem Fenster hätte aber auch nicht vorkommen dürfen, Mensch!

Die Frau guckte über die Mauer und schimpfte. Sie wollte die Polizei rufen und den Schaden ersetzt haben und was nicht noch alles. Es ist nicht zu sagen, so böse stellte sie sich an.

Wenn dem Jungen das mit dem Fenster nicht passiert wäre, hätten sie der Frau einen so schönen Krach vorgemacht, bestimmt! Aber so, so mussten sie sich alles anhören und waren obendrein noch schuldig. Es war zu dumm, zu dumm war das alles.

Einige drehten sich um und gingen mit versteckten Händen und steifen Schultern zu einer neuen Straßenecke. Den anderen blieb sonst auch nichts übrig; sie machten sich ebenfalls auf den Weg. Zuletzt der Werfer. Es mutete seltsam an, wie sie nun abzogen und die Hände versteckten und die Schultern steif hielten.

Die Frau gab ihr Schimpfen dann auch auf; endlich hatte sie die gewünschte Ruhe. Sie fegte die Scherben zusammen; das klirrte ja noch etwas, aber sonst war es so still um die Mauer, so still, wie sie es haben wollte.

Übrigens, das waren keine Glasscherben, die die Frau in den Aschenkasten schüttete! Die Fensterscheibe war heil geblieben. Der harte Gegenstand war zum Glück gegen das Fensterkreuz geflogen und mit lautem Krachen abgesackt. Klirrend hatte er eine zerbrochene Porzellanschale getroffen, die schon lange auf dem Gesims stand und schon immer in den Müll sollte.

Nun war sie weg und die Frau hatte Ruhe und die Jungen hatten Angst und die Polizei kam nicht.

Die Baskenmütze

Abends ging ich mit Lilli aus. Nur mal eben durch die Stadt. Wir hatten nichts weiter vor. Es gefiel uns, über breite Straßen zu gehen, im gleichen Schritt, von tausend Lichtern umspielt. Das war schön. Die Auslagen der Schaufenster waren noch schöner. Am schönsten war Lilli.

Unvorhergesehen – es fing an zu regnen. Wie das manchmal zu regnen anfängt: Eben waren die Steine noch trocken und die Menschen ohne Arg und nun regnete es. Ganz gehörig sogar. Wir stellten uns in einen Hauseingang und wunderten uns über den Regen. So was! Sagten wir. Was das nur regnen kann! In Bindfäden sogar. Gegen das Straßenlicht war das zu sehen. In feinen silbernen Strähnen kam das Wasser vom Himmel. Die Steine wurden nass und blank und spiegelten die Stadt wieder – die Stadt mit ihrem Glanz und Schatten. Wir standen in einem Hauseingang und sahen das alles und noch mehr; es regnete stetig weg.

Wenn nur meine Haare nicht so nass würden, sagte Lilli. Ihr dauerte das mit dem Regen viel zu lange. damit hatte ja auch kein Mensch gerechnet. Nicht mal eine Kopfbedeckung hatten wir mitgenommen. Nun konnten wir in einem Hausflur stehen, wer weiß wie lange stehen, vielleicht bis Ultimo…

Lilli wollte nach Hause. Am liebsten auf der Stelle und unter dem Regen durch und ohne große Bedenken. Nur ihrer Haare wegen….

Meine schöne Welle! Sagte sie und vergewisserte sich schnell, dass sie noch saß und war sehr besorgt.

Klar, dass die beste Haarfrisur solch einen Regen nicht abkonnte. Lillis Welle war aber auch wirklich schön. Genial hingekriegt, sagte ich anerkennend. Ich musste das ehrlich zugeben: Wirklich, Lilli!

Wenn ich wenigstens meine Mütze mitgenommen hätte, sagte sie vorwurfsvoll. Betrübt schaute sie in den Regen, der immer noch in feinen Strähnen vom Himmel fiel. Die Welle würde doch noch verregnen, so sah es aus, die schöne Welle

Ich hätte das gern verhindert. Einmal, weil sie dem Mädchen so gut stand und dann noch, weil es so traurig wurde und außerdem hatte ich Lilli von Herzen gern.

Zum Glück dachte ich in unserer Not an meine Baskenmütze. Zufällig steckte sie heute in meiner Seitentasche. Ich zog sie raus und machte mich mit ihr zu schaffen. Ich tat sehr wichtig damit und besah sie von allen

Seiten. Es ist eine feine Mütze, sagte ich beiläufig. Lilli nahm sie mir aus der Hand und setzte sie auf.

Großartig! Sie rückte sie schräg über ihre Haare und etwas böse über das eine Ohr und ordnete noch eine Kleinigkeit mit der Hand und lächelte mich an und fragte: Steht sie mir?

Drei Punkte…

Ich konnte nicht gleich antworten. Es regnete immer noch und das Mädchen lächelte wer weiß wie froh und glücklich. Wir gingen durch den Regen nach Hause. Die Mütze kleidete Lilli gut, meine Baskenmütze.

Eine Familie fährt in die Ferien

Das Auto fuhr pünktlich vor. Der Wagenführer hupte. Die Kinder standen angezogen auf dem Flur. Sie riefen nach der Mutter, die immer noch etwas nachzusehen hatte: Ist das Gas auch abgestellt? Brennt auch kein Licht? Haben wir auch alles?

Nein, es fehlte nichts. Die Koffer waren gepackt. Die Kinder trippelten von dem einen Bein aufs andere. Geht nur schon runter, sagte die Mutter. Hans, der Älteste, nahm die kleine Schwester an die Hand. Bruder Peter trottete gemütlich hinterher.

Ja, sie verreisten. Endlich war es soweit. Tagelang freuten sie sich auf die Abfahrt, besprachen nichts anderes als ihre Reise. Das war eine Aufregung! Was es aber auch alles vorzubereiten gab! Die Mutter kümmerte sich um jede Kleinigkeit. Um das Zeug und die Schule, um die Wäsche und das Gastgeschenk.

Nun saßen sie im Wagen, mäuschenstill, kerzengerade – Leute, die Auto fahren. Der Lenker sah starr vor sich hin. Neben ihm stauten sich die Koffer. Der Motor brummte. Fußgänger hielten die Fahrbahn frei. Eine Familie verreist – das ist doch auch was!

Die Mutter bedachte noch einmal alles; es fehlte nichts. Sie sagte: wenn das mit dem Zuganschluss nur klappt. Sie fragte: Hoffentlich bekommen wir Sitzplätze? Hans tröstete: Vater ist an der Bahn. Die große Aufregung legte sich etwas.

Die Familie kam früh genug zur Station. Ja, sie hatten noch Zeit. Da standen sie nun in der großen Halle: Mutter und Kinder und Koffer, alle auf einem Haufen. Es gab so viel zu sehen und zu erleben! Verreisen ist wirklich großartig!

Der Vater war noch nicht da. Er wollte gleich vom Geschäft zum Bahnhof kommen und die Karten besorgen und alles in die Reihe bringen – aber er war immer noch nicht da. Die Mutter wurde unruhig. Reisende kamen und gingen. Das Leben und Treiben in der Bahnhofshalle verstärkte sich. Lautsprecher riefen die ein- und abfahrenden Züge aus. Der Zeiger der großen Uhr kroch unaufhaltsam vorwärts. Und der Vater kam nicht. Die Mutter schaute angestrengt aus, aber der Vater kam immer noch nicht.

Das war wirklich nicht schön: Ringsum das hastende Menschengedränge und hier eine Mutter mit Kindern und Koffern, die auf den Vater warteten. Es wurde auch immer später und die Unruhe wurde größer. Reisende haben es eilig! Keiner kümmert sich um den anderen. Jeder rennt nach seinem Zug. Echtes Bahnhofsleben – wehe, wer hier hilflos ist!

Die Familie war hilflos. Die Mutter wusste nicht aus noch ein. Da stand sie nun mit den Kindern und den Koffern und der Vater kam nicht. Hans teilte die mütterliche Unruhe und die Geschwister weinten. Sie sahen die Mutter an und sahen den Bruder an und fühlten die große Hilflosigkeit, in der sie sich befanden…

Doch dann kam der Vater. Er drängte sich durch die

Leute und lachte. Er fragte: Seid ihr schon da? Er griff in die Tasche nach den Karten und rief einen Dienstmann und nahm selbst einen Koffer in die Hand und bugsierte die ganze Familie durch die Sperre. Er beruhigte die Mutter und fand sogar noch ein leeres Abteil; alles ging nach Wunsch.

Wie von selbst sozusagen: Eben waren sie noch verzweifelt gewesen und nun lachten und scherzten sie wieder. Die Mutter sah gut aus. Der Vater steckte sich eine Zigarre an. Hans wunderte sich, wie schnell das Einsteigen geklappt hatte. Der Zug fuhr aus der Halle. Die Geschwister bestaunten das helle Tageslicht.

Durch den ersten Erfolg angeregt, wollte ich meine Kurzgeschichtenproduktion fortsetzen. Das hielt ich nicht für besonders schwierig. An Stoff fehlte es mir nicht. Und auch die Lust zum Schreiben war vorhanden. Dennoch ist nichts dabei herausgekommen. Ich geriet immer tiefer auf einen toten Punkt, der mich quälte.

Meine bisherigen Kunstmittel, mit denen mir einige Arbeiten gelungen waren, hatte ich verbraucht. Doch das wusste ich nicht. Ich strengte mich an, um weitere Themen zu gestalten. Doch die ominösen 10 Minuten, in denen ich die ersten Geschichten geschrieben hatte, erlebte ich nicht wieder. Zu meinem Leidwesen, denn ich brachte nichts Ordentliches zustande. Und die Ursachen für mein Versagen blieben mir verborgen.

Eines Nachmittags schrieb ich ganz unbeabsichtigt die drei Geschichten: „Das Kontobuch", „Der kleine Bruder" und „Der Besuch" auf. Sie bewegten mich zwar im Augenblick der Niederschrift. Ich maß ihnen aber keine weitere Bedeutung bei und sie versanken wieder in mir, wie die vielen nutzlosen Versuche der letzten Zeit.

Junge Kollegen bedrängten mich, ihnen meine neuesten Schöpfungen vorzulegen. Missmutig legte ich die drei Geschichten auf den Tisch. Ein Freund las sie vor. Die Menschen und Ereignisse, die ich beschrieben hatte, kehrten plötzlich zu mir zurück. Ich erkannte meine Arbeiten an. Das Lob, das man mir zollte, beschämte und beglückte mich zugleich.

Den Stoff habe ich meiner Kindheit entnommen. Ohne etwas hinzuzusetzen oder wegzulassen. Ich eröffnete die Niederschrift in einer etwas hämmernden Weise, die aus mir spricht. Alles andere wickelte sich dann von selbst ab. Und auch die Pointen kamen wunschgemäß heraus.

„Das Kontobuch" druckte der Simplizissimus, München ab. Mehr war mit dieser Arbeit nicht zu verdienen. In ihrem Entstehungsjahr 1937 war es in Deutschland unerwünscht, von der Not zu sprechen. Und die Zeitungen richteten sich danach.

Mit der Geschichte „Der kleine Bruder" hatte ich wieder einmal Glück. Sie wurde ein Schlager, der sich bezahlt machte. Und das, obgleich ich das Thema unkünstlerisch behandelt habe. Doch das Thema fand dennoch eine gute Aufnahme.

Die Geschichte „Der Besuch" nahm der freundliche Otte von der Berliner Volkszeitung an. Der kleine Nadelstich erschütterte weder ihn noch mich, geschweige denn die Regierung oder das Volk. Dennoch hat mich der Abdruck dieser Arbeit gefreut, die die Grenze der Themenwahl streifte.

Meine Freunde forderten mich auf, neue Kinderge-
schichten zu schreiben. Das hielt ich auch für durchaus
möglich. Sie waren mir fast mühelos gelungen. Ich hatte
mich an den Tisch gesetzt und sie niedergeschrieben.
Warum sollte sich dieser Vorgang nicht wiederholen?
     Nein, er wiederholte sich nicht. Beim besten Willen
nicht. Was ich auch anpackte, schlug mir fehl. Einerlei
um was für ein Thema es sich auch handelte und wie
ich mich auch darum bemühte. Über eine bestimmte
Theorie für das Schreiben von Kurzgeschichten verfügte
ich nicht. Ich horchte auf den inneren Klang und Ton.
Auf das Fließen und Sichaneinanderfügen der Worte.
Doch nichts dergleichen geschah. Ich saß wieder einmal
auf einem toten Punkt.
     Nur einmal brachte ich eine Geschichte zustande: „
Der Streit", über die ich bis zum heutigen Tag nicht
ganz mit mir einig geworden bin. Meinen Freunden
habe ich sie, entmutigt durch die vielen Fehlschläge,
nicht gezeigt. Die Zeitungen haben sie verschiedentlich
abgedruckt; doch das ist kein Maßstab. Mir will es
scheinen, als ob ich die behandelten Menschen und
Dinge etwas zu sehr an den Haaren herbeigezogen habe. Dem Thema liegt zwar ein persönliches Erlebnis
zugrunde. Doch es hat sich viel einfacher abgespielt, als
es das Aufgeschriebene wiedergibt. Deshalb fehlt mir
vielleicht für diese Geschichte die Genugtuung und die
Überzeugung.
     Der „ Wurf gegen das Fenster" ist eine Erfindung,
mit der ich sonderbarerweise Erfolg hatte,
     Es lag mir daran, mir meine Fähigkeit mit einem
kleinen Kunstwerk wieder einmal zu beweisen. Ich
kratzte meine Wenn und Aber zusammen und konstru-

ierte die Sache mit der zerbrochenen Porzellanschale. Die Handlung, die man in ihrem Thema oft beobachten kann, war bald erfunden. Die Entwicklung der Atmosphäre bereitete mir keine Schwierigkeit. Die Pointen kamen wunschgemäß heraus.

Dennoch traute ich der Geschichte nicht viel zu. Ich hatte sie erfunden; das gefiel mir nicht. In ihrer Erfindung aber liegt wohl die Stärke einer Gestaltung. Man arbeitet das Thema deutlicher heraus, als wenn man an die enge Folge eines Erlebnisses hält. Das Allgemeine aber spricht in dieser Form besser an.

Gleichwohl: Ich halte eine persönliche Aussage für berechtigter. Vorausgesetzt, dass sie im großen Zusammenhang erlebt wurde. Nur so lässt sich meines Erachtens das Leben in seiner ursprünglichen, unverwässerten Art einfangen. Doch das ist nicht jedermanns Sache. Genauso wenig wie die Erfindung. Sie gehört leider zu einer meiner schwachen Seiten.

„Die Baskenmütze" kostete mich keine Überlegung. Ich setzte mich an den Tisch und schrieb sie nieder. Das dauerte nur einen Augenblick und die Skizze war fertig.

Mir kam es darauf an, eine kleine Skizze weiblicher Eitelkeit festzuhalten. Steht mir die die Mütze? Mit dieser Frage hatte mich meine Freundin überrascht. Unter den geschilderten Umständen. Das Ganze ist dann nur von mir etwas zusammengerafft und verdichtet worden. Das ist wohl ein nicht unwesentlicher Vorgang in der Schriftstellerei.

Zum ersten Mal war mir so etwas wie eine Liebesgeschichte gelungen. Bislang war mir gerade auf diesem Gebiet noch nichts eingefallen. Obgleich es sonst gerade für junge Schriftsteller so besonders ergiebig ist. Ob zu ihrem Vorteil ist eine andere Frage. Auf jeden Fall wollte ich nicht hinter ihnen zurückstehen. Doch Liebesmotive glückten mir noch nicht.

Ein älterer Schriftsteller gab mir das Baskenmützen Manuskript wieder und sagte: Es gibt Menschen, die machen aus jedem Dreck Rosinen. Dieses Urteil ist mir nicht wieder aus dem Sinn gekommen. Es enthält möglicherweise Lob und Tadel zugleich. Ein Lob für die Nebensächlichkeit, aus der sich unser Leben zusammensetzt. Und einen Tadel für den geringen Inhalt der Aussage. Doch unbeschadet über das Für und Wider brachte ich die Skizze in den Verkehr. Sie wurde gedruckt und erhielt sich ihren Platz in meinem Herzen, den ich ihr im ersten Augenblick ihres Entstehens eingeräumt hatte.

Seit längerer Zeit beschäftigte ich mich bereits mit der Niederschrift eines Romans. Das Thema hatte ich bereits einmal früher zu behandeln versucht. Es war aber an meiner Unfähigkeit und an meinem Zweifel zerbrochen.

Damals hatte ich das Manuskript verbrannt. Die Bilder und Gestalten aber waren in mir geblieben. Sie drängten zu einer Aussage, die von meinen Freunden achtungsvoll aufgenommen wurde.

Auf diese Weise überwand ich meine Zweifel und Nöte, die mich auch jetzt wiederum packten, sei es, weil ich mich überarbeitet hatte oder weil ich erschöpft war oder dass ich mich in meiner Arbeit festgefahren hatte. Oft genügte dann eine neue Erkenntnis, ein kleiner Einfall, um den toten Punkt zu überwinden.

Der eigenen und der fremden Not wegen hatte ich zu schreiben begonnen. Den Roman, an dem ich arbeitete, fügte ich aus den Bildern zusammen, die das Leben in mir abgesetzt hatte. Ich bemühte mich, die Bilder so deutlich wie möglich zu gestalten. Ihre Fülle ließ mich nur unwesentlich abschweifen. Der natürliche Gang der Handlung brachte mich immer wieder voran. Zum Schluss hatte ich wohl eine ganz ordentliche Arbeit zusammengebracht, für die sich ein bekannter Verleger interessierte.

Wenn die Romanniederschrift vorübergehend ruhte, brachte ich die eine oder andere Kurzgeschichte zu Papier. Gleichsam, um mich wiederzufinden und zu bestätigen. Das Gelingen einer kleinen Skizze förderte dann oft auch den großen Plan.

Die Geschichte „Eine Familie fährt in die Ferien" beruht auf einem Erlebnis, an das ich mich oft erinnert hatte und das sich plötzlich zu einer Gestaltung rundete. Nach unzulänglichen Versuchen fügten sich die Sätze aneinander und der Wurf war gelungen.

So bitter es mich traf, wenn ich in einem Versuch steckenblieb, umso heiterer erfüllte mich die Durchführung einer Gestaltung. Während mich sonst der Zweifel niederdrückte, wusste ich dann, dass ich mich auf dem richtigen Weg befand. Meine Hand lebte ganz anders als sonst. Die Buchstaben und Worte und Sätze gewannen untrüglich ein eigenes Leben. Ich selbst hatte mit dem Schreiben fast nichts mehr zu tun. Ich unterstand besonderen Gesetzen, über die ich oft keine Rechenschaft abgeben konnte.

In solch einer Stunde lernte ich auch die Achtung vor dem Kunstwerk zu begreifen. Eine Achtung, die ich schon immer in mir getragen hatte, die mich aber fortan mit Schauer und Andacht und Dank erfüllte. Ist es doch ein eigen Ding um sein Entstehen und sein Vorhandensein.

Meine Worpsweder Freunde – es ist vielleicht richtig, mich über sie zu äußern: Bastian Müller war damals 24 Jahre alt. Er ist gebürtiger Rheinländer, Maurer von Beruf, ein weitgereister Mann und ein tüchtiger Literat. Man konnte ihn fragen, was man wollte, er wusste auf vielen Gebieten Bescheid und wirkte auf mich, wie ein lebendes Konversationslexikon. Manfred Hausmanns Ruf hatte ihn nach Worpswede gelockt. Hier war er ansässig geworden. Die „Neue Rundschau", ein Hausblatt des S. Fischer Verlages, hatte die „ Grünen Eidechsen" von ihm gebracht; eine Novelle, die einem durch und durch geht, wenn man sie liest. Leider gestatteten die faschistischen Verhältnisse keine Fortsetzung dieser literarischen Linie. Sie deutete sich noch an in der Kurzgeschichte: „Zwei Barsche und ein Hecht"; dann war es aus. Wer weiß, was sonst noch von diesem Mann veröffentlicht worden wäre. Er hätte sicherlich unserem Lebenskreis neue Wege geöffnet und gezeigt.

Der zweite Freund unseres Kreises hieß Theodor Heinz Köhler, 17 Jahre jung, von dem bereits ein Jugendbuch im Stalling Verlag Oldenburg erschienen war, bevor er nach Worpswede kam. Er konnte was. Er setzte sich an den Tisch und schrieb Geschichten, die es in sich hatten.

Müller und ich wollten ihn eines Abends abholen, um gemeinsam mit Malerfreunden ein kleines Fest zu feiern. Er lehnte ab, weil er gerade in der Arbeit steckte, versprach aber nachzukommen. Bring die Geschichte mit, forderten wir ihn auf. Das versprach er.

Und dann kam er. Und er zog die Schreibmaschinenseiten aus der Tasche. Und wir waren wieder einmal über ihn und seine Arbeit begeistert. Zugegeben, der Inhalt seiner Geschichte „Zwischen Du und Sie" ist nicht gerade weltbewegend. Aber es steckt doch etwas dahinter, sagten wir. Oder: Es ist etwas dran. Ein Funken, der an die Gräten geht, eine Bewegung, ein Stückchen Leben. Wir zogen im Stillen den Hut vor seiner Begabung. Er war der Sohn eines Chemnitzer Weinstubenbesitzers. Auch er verdiente mit seinen Kurzgeschichten genug, um unabhängig in Worpswede als Schriftsteller zu leben. Leider kehrte er nicht aus dem Krieg zurück. Eine Kugel, angeblich irrtümlich durch eine Barackenwand geschossen, nahm ihn von dieser Welt, in der er eine junge Frau und eine kleine Tochter hinterließ.

Dass Manfred Hausmann regen Anteil an meiner Entwicklung nahm, habe ich bereits erwähnt. Ich durfte zu Jederzeit in seinem Haus ein- und ausgehen. Wie oft habe ich im Kreise seiner Familie gesessen! Für mich ging von diesem Haus immer eine zauberhafte Wirkung aus! Für meine Sorgen und Nöte hatte er stets ein offenes Ohr.

Wilhelm Scharrelmann und Frau habe ich bereits gleichfalls erwähnt. Der Tannenhof in Worpswede ist für mich immer eine gute Zufluchtsstätte gewesen. Und wenn es noch so dunkel in mir war, Wilhelm Scharrelmann brachte es fertig und ließ die Sonne wieder scheinen. Er saß hinter seinem Schreibtisch und hatte immer einen Rat und eine Hoffnung bereit. Kein junger Schriftsteller ging ungetröstet von seinem Hof.

Es wäre nicht richtig, wenn ich nicht in diesem Zusammenhang auch meinen Lehrmeister Waldemar Augustiny und seine liebe Frau erwähnte. Wie manche Stunde haben wir miteinander diskutiert und gewissermaßen literarische Lektionen durchgenommen. Aber nicht nur das, ich steckte auch meine Füße oft unter seinen Tisch. Seine Frau hatte immer eine Mahlzeit für mich bereit. Vor allen Dingen wollte sie mich gern verheiraten. Wenn ihr das auch nicht gelang, war sie doch die erste, der ich es mitteilte, als es soweit war.

Wir lebten miteinander unter uns. Alles, was auch nur im Entferntesten nach Faschismus roch, nach Partei- oder Parteiunterstützung existierte nicht für uns. Die Grenzen ergaben sich dabei fast von selbst, denn was die faschistischen Parteigänger schrieben, hatte keinen sonderlichen literarischen Wert.

Um diese Zeit zog uns der Amerikaner Thomas Wolfe in seinen Bann. Sein Schicksal, seine Schreibweise alles erfüllte uns mit aufrichtiger Begeisterung. Müller und Köhler waren von ihm begeistert. Besonders die Stelle in seinen Schriften, wo er auf einer Reise durch Deutschland einen Deutschen, der ihm in einem Speisewagenabteil gegenübersitzt herabsetzend beschreibt, hatte es ihnen angetan. Von wegen Schweinskopf und Doppelkinn etc.

Nun, ich gebe zu, dass mir die Einstellung meiner Freunde nicht gefiel. Die Charakterisierung eines Deutschen, gegeben durch Thomas Wolfe, lehnte ich ab. Vielleicht auch deshalb, weil ich mich für die Schreibweise dieses Herrn nicht sonderlich interessierte. Ich hatte genug mit mir selbst zu tun und der Amerikaner verwirrte mich mehr, als dass er mir half.

Immerhin, wir bemühten uns, mit der Weltliteratur Schritt zu halten. Hemingways Schriften waren uns zum Teil zugänglich. Wir haben ihn tüchtig studiert. Ich erinnere mich noch heute an eine Skizze, in der er eine Begegnung mit dem Griechenkönig beschreibt. Lapidar hieß es zum Schluss: Wie alle Griechen wollte er nach Amerika.

Für eine Skizze, die nicht unter der Rubrik Kurzgeschichte rangierte, ein ausgezeichneter Schluss. Sie zog mich in ihren Bann. Ich habe sie oft nachzuahmen versucht, aber nie erreicht. Jedenfalls nicht so lapidar und pointenreich. Das aber ist Hemingway. Das war Hemingway.

Ich denke auch heute noch oft an jene Stunden zurück, in denen meine Freunde und ich trotz der faschistischen Abschirmung um eine Übersicht über den literarischen Markt bemüht waren. Wir haben tage –und nächtelang diskutiert und trotzdem nur einen Bruchteil von dem erfahren, was sich außerhalb Deutschlands literarisch abspielte.

Als junger Literaturbeflissener beutete ich alles aus, was mir über den Weg lief und meine Kenntnisse und mein Können förderte. Jede Begegnung mit Worpswede und meinen Freunden wurde für mich zum Rausch. Meine Empfindungen gingen mit mir durch, wenn ich mich dem Künstlerdorf näherte und steigerten sich durch die Begegnungen mit den Schriftstellern. Ich zog fast jedes Mal reichbeschenkt wieder heim und freute mich insgeheim auf den nächsten Besuch.

Im Sommer 1936 forderten mich meine Freunde auf, zu ihnen nach Worpswede zu ziehen. Ich wagte es nicht, diesen Gedanken zu Ende zu denken: In Worpswede zu leben und zu schreiben; das erschien mir paradiesgleich. Man sagte mir: Warum nicht. Kommen Sie! Es wird schon gehen.

Meine Freunde verschafften mir ein Quartier in einer Moorkate und ich war bereit, ihrem Ruf zu folgen, zumal ich neben einer Berufstätigkeit als Zeitungsbote einen Roman beendet hatte und körperlich ausgepumpt war. Ich jappte förmlich nach einer Erholungszeit.

Man half mir von allen Seiten, mich in meiner Kate einzurichten. Der eine steuerte einen alten Tisch zu meinem Mobiliar bei, der andere einen alten Stuhl. Manfred Hausmann lieferte das Bettzeug. Ich schlief auf

Stroh. Eine alte Decke hatte ich selbst, so dass ich ganz gut zurechtkam.

Meinen Lebensunterhalt wollte ich durch das Schreiben von Kurzgeschichten decken. Das erschien mir jedenfalls zunächst nicht unmöglich. Doch ich war wohl zu erschöpft, um eine rege Kurzgeschichtenschreiberei zu entfalten. Vielleicht lag mir auch die Zeitungsarbeit unter den Anführungsstrichen „DU musst" nicht sonderlich. Ich bin wohl zu unbeholfen und schwerfällig, um ein literarisches Tagewerk auszufüllen.

Mit Ach und Krach brachte ich im Verlauf von Wochen die Geschichte: „ Die kleine bunte Tasse ist entzwei" auf die Beine. Nach mehreren vergeblichen Versuchen setzte ich mich wieder einmal an den Tisch, um den Stoff, den ich meiner Kindheit entnommen hatte, zu meistern. Ich schrieb und schrieb und plötzlich wusste ich: das ist richtig. Hier, an dieser Stelle beginnt die Geschichte. Jetzt ist alles im richtigen Fluss.

Die kleine, bunte Tasse ist entzwei

An dem Nachmittag, als die kleine bunte Tasse zerbrach, regnete es. Die Frauen gingen nicht aus dem Haus. Hans musste zum Bäcker und Kuchen holen. Die Tante wünschte das. Sie stammte vom Lande und war die Schwester der Mutter und nun zu Besuch in der Stadt.

Der Besuch war schön. Sie hatten jeden Tag was Neues vor: Heute eine Besichtigung, morgen eine Wagenfahrt, übermorgen einen Stadtbummel, immer was anderes. Zu jeder Mahlzeit gab es was Besonderes zu essen. Und jetzt lief der Junge zum Bäcker und holte Kuchen! Das gefiel dem kleinen Hans gut. Wirklich: Besuch ist schön.

Außerdem hatte die Tante dem Jungen Schokoladenzigaretten mitgebracht – richtig in einer Kiste ver-

packt wie für große Herren! – und als allerschönstes
Geschenk eine kleine, bunte Tasse mit seinem Vorna-
men und feinen Malereien. Hans ging noch nicht zur
Schule, aber seinen Vornamen konnte er schreiben und
lesen. Die kleine, bunte Tasse hütete er wie eine Kost-
barkeit. Sie stand auf seinem Spieltisch. Gleich würde er
Kaffee aus ihr trinken. Der Junge freute sich, dass sie
Besuch hatten.

Die Tante mochte er überhaupt gut leiden. Sie war
jung und schön und so ganz anders als die Mutter, die
immer ernst und besorgt war. Die Tante war immer
fröhlich. Der Junge liebte die Fröhlichkeit.

Als er den Kuchen geholt hatte, ging er gleich an
seinen Spieltisch. Er übersah sofort, dass die kleine,
bunte Tasse fehlte. Er wusste genau, dass die Tasse auf
einem Tisch gestanden hatte – hier, an dieser Stelle!
Nun stand dort der alte Becher; die Tasse war nicht
mehr da.

Ein jäher Schrecken packte Hans: Die kleine, bunte
Tasse ist entzwei! Er sah die Frauen an und fragte: Wo
ist meine Tasse? Die Mutter schwieg. Die Tante sagte
gleichgültig: Nimm den Becher, Junge! Frage nicht!

Aber nein, wo ist denn meine Tasse? fragte Hans. Sie
muss doch da sein. Ich weiß es genau: Hier stand sie. Er
sah sie deutlich vor sich: Ihre feinen Malereien und die
Buchstaben, die zu seinem Vornamen gehörten. Der
Junge hatte sich richtig in die kleine, bunte Tasse verliebt, die nun nicht mehr auf dem Tisch stand.

Die Frau kümmerte das scheinbar nicht. Die Mutter
schüttelte den Kopf und schwieg. Die Tante sagte: Stell
dich doch nicht so an, Junge! Hans war empört. Tränen
kamen ihm. Er fand die Tante rücksichtslos. So war sie
auch: Kein verstehen, kein Mitfühlen, keine Erklärung.
Sie befahl einfach: Jetzt sei aber gefälligst still, Hans!

Der Junge sah die Frau groß an. Er wunderte sich über ihr Gesicht, das plötzlich alt und hässlich war: Keine Schönheit, keine Fröhlichkeit und Liebe. Hans hatte viel für die Tante übrig gehabt; sie hatte ihm die Tasse geschenkt; sie war überhaupt gut zu ihm gewesen. Und nun? Nun kannte er die Tante nicht wieder, so hatte sie sich verändert. Gar keinen Zweifel mehr: Die Tante hatte die kleine, bunte Tasse zerbrochen! Während er den Kuchen geholt hatte, war das geschehen. Der Verdacht stieg in dem Jungen auf. Er ahnte, wie sich alles abgespielt hatte. Doch warum gab die Frau das nicht zu?

Sie sagte nichts. Die kleine, bunte Tasse bedeutete für sie wohl nicht viel. Der Junge wohl auch nicht. Hans war enttäuscht. Seine Freude über den Besuch verflog. Seine Zuneigung auch. Was er empfand, war Schmerz und Leid.

Der Junge brachte den alten Becher in die Küche. Er wollte keinen Kaffee trinken. Während er sich missmutig umsah, entdeckte er, dass die Scherben der kleinen, bunten Tasse auf dem Aschenkasten lagen. Er sah sie sich noch einmal genau an und ging in die Stube zurück und sagte nichts.

Es war ihm unmöglich, zu der Tante freundlich zu sein. Er hatte kein Vertrauen mehr zu ihr; sie war für ihn nicht mehr da. Der Mutter war das nicht recht. Sie ermahnte den Jungen: Das gehört sich doch nicht. Das ist doch unser Besuch. Sei ordentlich! Alles vergeblich: Kein Angucken mehr, kein liebes Wort, aus. Der Vater fragte: Was ist denn mit dir los, Junge? Er drohte, sieh dich vor, du. Auch das half nichts.

Die Tante war empört. Sie sagte, so ein dickköpfiger Bengel! Das sollte meiner sein... geradezu aufgebracht sagte sie das, nichts als vorwurfsvoll und beleidigt.

Die Eltern entschuldigten alles.

Hans war froh, als die Tante abfuhr. Nun hatten sie keinen Besuch mehr. Das Leben im Haus war genauso wie früher. Und doch anders: Die kleine, bunte Tasse war entzwei.

In dieser Zeit bestürmten mich viele neue berufliche Eindrücke, die aber meine Produktion nicht förderten, sondern zunächst lähmten. Ich strengte mich mächtig an, um etwas zu schaffen, kam aber über nutzlose Versuche nicht hinaus. Nur einmal gelang mir eine Geschichte, die ich „Das Mädchen mit dem Ring" betitelte.

Das wird ein Schlager, sagten meine Freunde. Nur müsste ich den Schluss ändern. Sie strichen die Worte, „Gingen sie ihre Wege" aus und ersetzten sie durch die Worte: „Folgte er ihr."

Meine Einwände belächelten sie. Es käme nicht auf die Wahrheit, sondern auf das Happy-end an. Das müsste ich mir merken. Wenn ich mit der Zeitungsarbeit Geld verdienen wollte.

Ach, dieses Geldverdienen mit der Schriftstellerei ist ein Fluch, der den Menschen erniedrigt. Dann ist es schon besser, man klopft Steine. Moralisch bleibt man dann der, der man ist.

Das Mädchen mit dem Ring

Der junge Mann betrat das Komödienhaus. Er war festlich gestimmt. Er hatte schon von dem neuen Stück gehört. Nun ging er über viele Stufen zum dritten Rang hinauf. Er legte seine Garderobe ab. Er warf noch einen Blick in den Spiegel. Erwartungsvoll setzte er sich auf seinen Platz.

Er hatte eine ganze Bankreihe, die letzte des Hauses, für sich. Etwas später kam noch eine junge Dame. Der Zufall wollte es, dass sie seine Nachbarin wurde. Sie sah hübsch aus.

Ziemlich leer heute Abend, sagte der junge Mann.

Sie unterhielten sich leise. Sie beugten die Köpfe zueinander und sprachen über das Theaterstück.

Das gefiel dem jungen Mann, dieses Zueinander-beugen, dieses Vertrautsein, dieses Verständnis für Fragen und Dinge, die ihn selbst so sehr bewegten. Die Vorfreude auf das Stück, die Nähe der jungen Frau, ihre Unterhaltung, alles beschwingte seine Phantasie: was für ein Mädchen! Vielleicht eine neue Freundin? Eine Freundin mit Verständnis für Kunst und Theater, Schönheit…

Sie saß neben ihm auf dem letzten Platz in dem gro-ßen Haus. Er träumte von geselligen Stunden, von einer guten Kameradschaft. Er beugte sich vor und sagte: Welch ein Glücksfall, Sie zur Nachbarin zu haben!

Die junge Dame lächelte. Sie blickte ihn an und blickte weg. Sie zeigte rein zufällig die linke Hand. Der Arm lag auf der vorletzten Bankreihe. Der junge Mann musste die Hand sehen.

Er erschrak.

Das Mädchen sah ihn an; er sah das Mädchen an. Es trug einen einfachen, schlichten Ring. Die Geste war deutlich genug. Kein Gespräch mehr. Schweigen.

Das Haus verdunkelte sich. Das Theater begann. Der junge Mann war froh: Das kleine Zwischenspiel mit dem Ring hatte ihn unangenehm berührt.

Aufmerksam folgte er der Vorstellung. Das Mäd-chen beachtete er nicht. Das Theaterstück war gut. Als der Vorhang sich nach dem zweiten Akt schloss, setzte ein starker Beifall ein. Auch der junge Mann war begeistert. Er verließ seinen Platz und trat gegen die Brüstung des Balkons. Die Schauspieler wurden gefeiert.

Der Beifall verebbte. Die Zuschauer strömten in die Wandelgänge. Langsam schritt der junge Mann die Stufen zu der letzten Bankreihe zurück. Das Mädchen mit dem schlichten Ring beachtete ihn. Er kümmerte sich nicht um sie.

Die Pause dauerte 10 Minuten.

Noch ein letztes Spiel – das Theater war aus.

Die Besucher drängten zur Garderobe. Der junge Mann nahm seinen Mantel entgegen und drehte sich um – seine Platznachbarin lächelte ihn an. Er sah unwillkürlich auf die Hand mit dem Ring. Er wunderte sich: Der schlichte Ring trug einen roten kleinen roten Stein.

Die junge Dame nickte unmerklich; der junge Mann nickte nicht. Er zog seinen Mantel an und verließ das Komödienhaus.

Vor dem Portal blieb er stehen. Helles Licht spiegelte sich tausendfältig auf blanken Steinen. Prächtige Limousinen rollten über das Pflaster. Frohe, kunstbegeisterte Menschen eilten nach Haus. Die junge Dame entfernte sich zögernd. Sie sah sich noch einmal um. Der junge Mann lächelte. Für einen Augenblick begegneten sich ihre Blicke. Dann gingen sie ihre Wege.

Alles in allem führte ich in Worpswede ein fröhliches und unbeschwertes Leben. Ich hatte gute Freunde, alles liebe Menschen, denen ich willkommen war und die mir halfen, so gut sie konnten. Wir haben viel miteinander diskutiert, zu meinem Vorteil, denn ich lernte auf diese Weise etwas vom Schriftstellerhandwerk kennen.

Aber darüber hinaus kam auch das allgemein Menschliche nicht zu kurz; wir haben manche nette Feier veranstaltet: Künstlerfeste, auf denen es aufgeregt und lustig zuging.

Meistens trafen meine Freunde und ich uns morgens gegen 10 Uhr auf der Post. Wir nahmen die Zeitungsbelege und Zahlungen in Empfang und gingen anschließend umher. Ein Künstler braucht nicht unbedingt und zu jeder Stunde zu arbeiten und ist trotzdem tätig, erklärte man mir.

Wenn Geld vom „Völkischen Beobachter", dem Hauptorgan der Faschisten, angekommen war, beschlossen wir, es sofort zu versaufen. Wir wollten kein Geld von diesen Leuten in der Tasche behalten. Andererseits wollten wir aber auch nicht auf die Zahlungen verzichten. Übrigens, sie druckten uns mit Vorliebe.

Überhaupt: das Feuilleton genoss um diese Zeit einen guten Ruf. Der politische Teil der Zeitung war – ähnlich wie heute – monoton. Er wurde vorfabriziert. Was in dem Blatt stand, stand auch in den anderen. Um einem Organ Farbe zu geben, pflegte es das Feuilleton. Und deswegen bemühte man sich um uns, zumal wir manchen Ton in die Musik brachten, der nicht vorgeschrieben war.

Das Geld vom „Völkischen Beobachter" wurde also kurzerhand auf den Kopf gehauen. Dafür gab es eine Menge Bier und Schnäpse, die wir hinter die Binde gossen, um immer kiebiger zu werden. In einer vorgerückten Stunde verwechselte Bastian Müller das Parteiabzeichen eines Wirtes mit einer Kellnermarke.

Darüber wäre es möglicherweise zu einem unliebsamen Zwischenfall gekommen, wenn nicht Udo Peters, ein Worpsweder Maler, just in dem Augenblick aufgetaucht wäre, als der Wirt seine Augenbrauen hochzog, um mit einer Anzeige die Ehre seiner Partei zu retten. Der Maler, der für die Nacht noch einige Flaschen Wein kaufen wollte, schlichtete den Streit. Er lud uns in sein Atelier ein, wo wir bis zum Morgengrauen zusammen saßen, um zu diskutieren und zu prahlen.

Was waren wir doch im Grunde für kleine Lichter gegen unseren Gastgeber, der uns erzählte, wie er und andere junge Kunstbeflissene in einer Nacht des Jahres 1912 zur Klärung einer Streitfrage Knut Hamsun in Norwegen angerufen hätten , um seine Meinung zu hören. Es gab also schon vor 30 Jahren junge Menschen, die sich stritten und die Wahrheit suchten. Auch auf einem ungewöhnlichen Weg! Und wir? Wir durften nur ganz klein sein. wehe, wenn wir ein Parteiabzeichen mit einer Kellnermarke verwechselten!

Immerhin, wir diskutierten manche Nacht miteinander. Wer weiß, wenn wir etwas mehr Spielraum gehabt hätten, wäre vielleicht etwas Ordentliches dabei herausgekommen. Aber unter den gegebenen Verhältnissen mussten wir wohl mehr oder weniger scheitern.

Sie sind wohl erst reichlich spät nach Haus gegangen, begrüßte mich am Tag nach einer durchdiskutierten Nacht die Schlachtersfrau, bei der ich einen Einkauf tätigte.

Ich? Opportunierte ich empört, aber erlauben Sie mal!

Ich habe Sie doch lachen hören, sagte sie. Da ist ja auch nichts bei. Ich meine ja auch nur so…

Die gute Frau war mir wohlgesonnen. Sie hat mir in der schlechten Zeit oft mit ganzen Leberwürsten ausgeholfen, wenn es sich passte. Ich gab zu, dass ich in der letzten Nacht, angeregt durch die Diskussion und den Wein lauthals gelacht hätte. Das Lachen lag mir. Ich konnte damit meine Mitmenschen anstecken, wenn es sich ergab.

Ich erinnere mich, dass ich eines Morgens die Essbaracke eines Arbeitslagers betrat. Der Anblick der vielen missmutigen Kollegen, die ihren Morgenkaffee tranken, brachte mich unwillkürlich zum Lachen. Augenblicklich lachte die ganze Gesellschaft. Sie lachte und konnte sich nicht wieder beruhigen. Auch dann nicht, als der Lagerführer erschrocken und aufgeregt in seinen langen Stiefeln angelatscht kam. Und ich lachte mit. Aus reinem Herzen. Höchstwahrscheinlich steckte ich auf diese Weise andere an. Und sie lachten immer noch.

Ach, wir hatten wirklich keinen Grund zum Lachen. Manchmal kamen wir uns vor, wie die letzten Deutschen. Wir hatten mit den Faschisten nichts zu tun. Der geringste Geruch bereitete uns Übelkeit. Sicherlich gab es bessere Widerständler als wir es waren. Wir wollten ja auch nicht sonderlich randalieren. Wir wollten nur erzählen und arbeiten. Aber was wir auch anpackten, immer begegnete uns der Hinweis: Das geht nicht. Das darf nicht sein. Das ist nicht erwünscht.

Alles in allem, Verhältnisse zum Brechen: Man musste wohl schon eine ganze Menge Schnäpse und Biere trinken, um das nötige Gleichgewicht zu behalten. Na, und wenn das meinen Freunden schon so erging, um wieviel härter trafen mich diese Verhältnisse. Ich konnte nicht eine Zeile mehr zu Papier bringen. Dabei war ich auf das Verfassen von Kurzgeschichten angewiesen, um mein Leben zu fristen. So sehr ich mich aber auch anstrengte - mir wollte nichts von Bedeutung gelingen.

Auf die Dauer blieb es mir nicht verborgen, dass Worpswede kein Boden für mich war. An allen Ecken wurde die künstlerische Substanz, die zum Gestalten drängt, zerredet. Überall begegneten einem Freunde, mit denen man das, was in einem entstand, zerredete. Auf diese Weise blieb kein Faden heil. Ich konnte nicht schreiben, sondern nur herumgehen. Und das gefiel mir nicht.

Meinen Roman hatte ich einem Hamburger Verlag angeboten, der sich dafür interessierte. Man sagte nicht ja und nicht nein, sprach von einem Torso und machte die Annahme des Werkes von einigen Abänderungen abhängig, zu denen ich mich nicht entschließen konnte.

Nachdem ich die Verlagshoffnung zu Grabe getragen hatte, beschloss ich, in die Stadt zurückzukehren. Ich war es müde, umherzugehen und nichts zu beschicken. Mein Instinkt riet mir, mir eine teilweise Beschäftigung zu suchen, um meinen Lebensunterhalt zu sichern; dann würde es auch wieder mit der Schriftstellerei klappen.

Meine Freunde schockierte mein Abreiseentschluss. Sie sahen darin eine Kapitulation und betrachteten mich als gescheitert. Ich teilte ihre Auffassung nicht und bereitete meine Rückkehr in die Stadt vor.

Zum Abschied schrieb ich die Skizze: „Die Versöhnung" nieder. Ich hatte bereits mehrmals versucht, das eigene Kindererlebnis festzuhalten, doch war ich damit bislang noch nicht zurande gekommen. Nun überbrückte ich mit dieser Niederschrift die kleine Spannung, die sich zwischen meinen Freunden und mir eingenistet hatte. Wir bewahrten uns unsere alte Zuneigung.

Angesichts des drohenden Krieges bewährte die kleine Geschichte sich in der Zeitungswelt.

Die Versöhnung
Das eine Wort gab das andere – sie erzürnten sich. Sie spielten zusammen vor unserem Haus und nun lie-

fen sie auseinander: Kurt auf die Straße und Hans in den Garten. Sie sahen sich nicht um. Sie wollten nichts miteinander zu tun haben. Sie waren sich böse. Ich stand am Fenster meiner Wohnung und beobachtete den Streit. Er entwickelte sich blitzschnell. Die Knaben schrien sich an. Jeder wollte Recht haben. Ihre Gesichter strafften sich; ihre Bewegungen wurden heftig. Noch ein paar Gesten – die Kinder drehten sich um, das Spiel war aus, die Freundschaft zerbrochen. Was ist das für ein dummes Gefühl, wenn eine Freundschaft zerbricht! Dann ist das Leben plötzlich einsam und verloren. Dann hat alles keinen Sinn mehr. Weder die Morgensonne, noch der Tag ; weder die Fröhlichkeit noch das Spiel. Ein unbekanntes Leid steigt in uns auf. Das ist die Traurigkeit um die Trennung von dem Kameraden, der mit uns durch dick und dünn ging. Nun sind wir wieder allein, allein wie nie zuvor.

Das fühlten die kleinen Jungen auch. Schmerz spiegelte sich auf ihren Gesichtern wider. Sie nahmen sich aber zusammen. Die erzürnten Helden taten wie nichts, waren die Gleichgültigkeit selber, zeigten sich den Rücken. Ihrem Inneren nach hätten sie sich gerne wieder vertragen, wünschten sie sich nichts inniger, als sich die Hand zu geben und einander gut zu sein.

Das ging nicht. Sie hatten sich erzürnt. Sie hielten sich gegenseitig für schuldig. Keiner konnte den Anfang machen und dem anderen ein gutes Wort sagen. Das ging nicht; sie hatten eine Überzeugung und einen Willen.

Kurt stolzierte die Straße auf und ab, immer von der einen Ecke zur anderen, unnahbar und erhaben wie ein großer Herr: Hier gehe ich, unbekümmert um dich, ich gehe hier wunderschön!

Und Hans? Trauerte der Junge etwa? Saß er müßig

im Garten? Liefen ihm die Tränen über die Wangen? Nichts von alledem! Er beschäftigte sich. Er suchte Kieselsteine, die auf dem Weg lagen und warf sie nach einer alten Flasche. Sonnenlicht spiegelte sich auf dem Glas wider. Das Spiel klang und klirrte – einfach großartig! Was war das für eine Genugtuung, wenn ein Volltreffer gelang und Kurt am Garten vorbeiging!

Nein, keiner hatte einen Blick für den anderen übrig, keine Geste, geschweige denn ein Wort – nur ein böses Gesicht. Nach einer kleinen Entfernung sahen sie sich allerdings wie zufällig um. Sie bückten sich dann gleich und hatten wohl etwas an ihren Schuhen zu tun. Die Strümpfe verrutschten auch leicht. Auf diese Weise beobachtete jeder den anderen, ohne sich etwas zu vergeben.

Das ganze dauerte vielleicht eine halbe Stunde – eine endlose Zeit. Es wurde langweilig, allein auf und ab zu stolzieren oder mit Steinen nach einer leeren Flasche zu werfen. Das gemeinsame Spiel ist viel unterhaltender. Schon das Zusammensein zu zweien lockte wie eine Herrlichkeit.

Liebend gern hätten die Knaben sich vertragen. Sie suchten mühevoll nach einem Anlass. Sie sahen sich immer häufiger um. Mir schien es, als wenn sie versöhnender ausschauten. Vielleicht dachte jeder: Du warst auch gleich so heftig und bestandst auf deinem Willen –war denn das nötig? Was hast du nun davon?

Kurt ging nicht mehr die Straße auf und ab; er stand in der Nähe des Gartens und beguckte sein Magneteisen. Hans beugte sich mit aller Wichtigkeit über ein Blumenbeet. Die Stiefmütterchen gefielen ihm wohl am besten. Er pflückte einige ab und hielt sie aufmerksam in den Händen.

 Die Jungen sahen sich an. Sie gingen dicht aneinander vorbei. Sie blieben stehen, etwas zaghaft, etwas verlegen. Hans drückte Kurt mit einem schnellen Entschluss die Blumen in die Hand. Kurt besann sich nicht; er gab Hans das Magneteisen Sie besahen sich ihre Geschenke und lächelten vergnügt. Sie gingen Hand in Hand über die Straße und fingen ein neues Spiel an.

An einem Novembermorgen nahmen meine Freunde und ich im Kaffee Worpswede Abschied voneinander. Wir saßen zum letzten Mal nebeneinander auf den Barhockern und dramatisierten lustig drauf los. Zu unserer Unterhaltung knobelten wir die nötigen Getränke aus. Ich legte eine zwölf nach der anderen auf den Tisch. Mein Erfolg ließ meine Freunde nicht ruhen, bis sie mich mit ihren Ergebnissen übertrumpft hatten.

Unser Wettkampf übertrumpfte auch gleichzeitig die Abschiedsstunde. Obgleich man mir abgeraten hatte, brach ich aus dem Kreis aus. Mir fiel eine Last von der Seele. Ich wurde wieder frei und unabhängig.

Mit meinen Freunden kam ich überein, dass alles so freundschaftlich unter uns bleiben sollte wie bisher. Das freute mich, denn ich hatte viel von ihnen gelernt. Und so trennten wir uns.

Mein Entschluss, in die Stadt zurückzukehren, hatte mich einige Überwindung gekostet. Einer meiner Freunde befand sich derzeit in einer Krise aus der er gleichfalls einen Ausweg suchte. Er las Bücher u.a. Jack London: Marin Eden, das den Weg eines jungen Schriftstellers behandelte. Aber selbst Knut Hamsuns Roman „Hunger" überzeugte ihn nicht, dass es nur ein Mittel gibt, das auf den richtigen Weg zur Literatur führt: Arbeit.

Ich nahm eine Halbtagsbeschäftigung an und behielt mir auf diese Weise die Vormittags- und Abendstunden zum Schreiben frei. Meine Einkünfte waren nur gering, bewahrten mich aber vor dem Zwang, unbedingt und um jeden Preis Kurzgeschichten für Zeitungen zu schreiben.

Die Anonymität der Stadt und die mit ihr verbundene Einsamkeit, in der ich jetzt wieder lebte, wirkte Wunder. Einige der vielen Themen, mit denen ich mich in den letzten Monaten vergeblich gequält hatte, kehrten eines Abends unaufgefordert zurück.

Ich hatte mich nach meiner Rückkehr von der Arbeitsstelle und nach dem eingenommenen Abendbrot auf das Sofa gelegt. Und war auch wohl eingeschlafen. Aber dann wurde ich wach. Noch im Halbschlaf fügten sich die Sätze aneinander. Ich setzte mich an den Tisch und schrieb sie nieder. Fertig.

Die Zeit, die ich im Kreis meiner Freunde verbracht hatte, war wohl nicht vergeblich gewesen. Ich hatte doch das eine oder andere Kunstmittel kennengelernt und in vielen Dingen mein literarisches Wissen bedeutend erweitert. Zumal ich ja auch genügend Zeit gehabt hatte, mich mit Büchern zu beschäftigen.

Ich habe zuerst gezögert, die beiden Geschichten: „Die Heiratsfalle" und „Der Mondsüchtige" anzupacken. Sie enthalten nicht das, was ich von einer Arbeit erwarte: Eine Mitteilung, die sich lohnt. Die Fabeln waren mir mit dem Zwang, Zeitungsgeschichten zu schreiben, eingefallen. Nun gelang es mir, dem Stoff eine Form zu geben, die ansprach und mit der ich mich abfand.

Mit dem „Wiedersehen am Mittagstisch" ist mir vielleicht etwas mehr gelungen als nur eine Liebesgeschichte. Ich bearbeitete einen eigenen Stoff, den ich zu einem guten Ende brachte. Ein älterer Schriftsteller, der die Arbeit gelesen hatte, sagte mir: Sie verleugnen ihre proletarische Herkunft nicht.

Die Skizze: „Zwei silberne Ringe" verdanke ich einer Beobachtung. Manchmal ist es ja nur ein Wort, das uns erschüttert, eine Geste, ein Blick, den wir sehen und hinter dem sich unser Leben abzeichnet in seiner Unerbittlichkeit und Härte. Der eine empfindet Freude und der andere Schmerz. Der eine stirbt und der andere wird geboren. Und alles in einer Stunde unter dem Stern und manchmal in der gleichen Angelegenheit.

Die Heiratsfalle

Du wunderst dich vielleicht, fragte mein Freund, warum ich gerade in diesem kleinen Ort hängenblieb?

Ja, ich wunderte mich. Er war Großstädter und nun betrieb er am Rand einer kleinen Stadt ein Geschäft. Zwar in einem schönen Haus und der Handel brachte auch was ein, doch immerhin. Da ich zufällig in der Nähe war, benutzte ich die Gelegenheit , um ihn zu besuchen.

Wie du weißt, erzählte mein Freund, erhielt ich damals von meiner Firma den Auftrag, in dieser Gegend einen größeren Warenabsatz zu organisieren; deswegen sollte ich mich hier für 6 Wochen aufhalten.

Abends kam ich auf dem Bahnhof an. Ich ging durch die Sperre, betrat das Stationsgebäude, entdeckte keine Menschenseele und stand schließlich neugierig und verwundert auf dem Bahnhofsplatz. Hinter mir brannte eine kleine Lampe und vor mir lagen tiefe Dunkelheiten. Schatten zeichneten sich tiefschwarz ab. Von einem Ort war nichts zu bemerken.

Du kannst dir denken, dass ich enttäuscht war. Ich hatte ja nicht viel erwartet: Ein kleiner Ort? Aber etwas mehr doch. Zum wenigsten einen Gasthof, in dem ich vorerst einmal Zuflucht nehmen konnte.

Da stand ich nun mit meinem Koffer und meiner Weisheit. Ich wäre am liebsten gleich wieder umgekehrt. Zufällig trat ein Postbeamter aus der Dunkelheit. Den fragte ich nach dem Weg. Und auch nach einer Adresse, die man mir gegeben hatte für den Fall, dass ich ein Zimmer zu nehmen gedächte.

Dann müssen sie hier runtergehen, sagte der Beamte. Wenn sie an die Landstraße kommen, biegen sie links ab. Das zweite Haus ist es dann gleich. Sie können gar nicht fehlgehen.

Nun, ein Zimmer bei ordentlichen Leuten finden – das lockte mich. Ich schlug daher den bezeichneten Weg ein, kam auch richtig an eine Landstraße und verweilte einige Augenblicke an der Kreuzung, um mich zu verpusten.

Während ich dort stand, - um mich war es tiefdunkel -, packten mich allerlei Zweifel, ob es nicht doch besser gewesen wäre, einen Gasthof aufzusuchen und fürs erste mit solch einer Unterkunft fürlieb zu nehmen. Ich hätte dann doch wenigstens ein Dach über dem Kopf gehabt und etwas Gesellschaft und Gemütlichkeit auch; meine Wanderung durch die Nacht behagte mir nicht. Ich war an den Lärm und das Licht der Großstadt gewöhnt und nun diese Einsamkeit und Finsternis…

Zum Glück hörte ich in diesem Augenblick Schritte. Ich konnte nichts sehen, überlegte aber, dass es sich um Frauenschritte handeln müsste, denn die Absätze schlugen –klapp! klapp! klapp! – hastig und laut gegen das Pflaster.

Und richtig! Ein junges Mädchen tauchte aus der Dunkelheit auf. Es schritt rasch aus. Eine Baskenmütze trug es keck auf dem einen Ohr; das gefiel mir. Ich trat einen Schritt vor, entschuldigte mich höflich und fragte nach dem Weg zum nächsten Gasthof.

Das Mädchen sah mich mit großen Augen an. Es war sicherlich etwas erschrocken und sagte hastig: Dort, wo die Mühle steht. Es drehte sich um und zeigte gegen die Dunkelheit und ging schnellen Schrittes weiter – klapp! klapp! klapp! Ich war genauso klug wie zuvor.

Was sollte ich anfangen?

Eine Mühle sah ich nicht; die Finsternis ließ keine Sicht zu. Wenn das Mädchen nicht so allerliebst gewesen wäre, hätte ich vielleicht geschimpft. Aber nun musste ich unwillkürlich lachen: Über ihre Antwort und die Angst und die Hast – alles fand ich vergnüglich schön.

Kurz entschlossen ging ich dem Mädchen nach. An dieser Straße sollte die Frau wohnen, die das Zimmer zu vermieten hatte. Vor mir hörte ich hurtige Schritte: Klapp! Klapp! Klapp! Dumpf hoffte ich vielleicht auch, in dieser Gegend das Mädchen wiederzusehen. Sicherlich wohnte es hier. Und wenn ich nun einzog – wer weiß, was für ein Liebesabenteuer mich erwartete?

Das Mädchen verließ die feste Straße und ging über einen Sandweg. Eine Haustür klinkte auf und zu. Ich hörte das, denn sehen konnte ich nichts. Meine Vermutung schien mich nicht zu betrügen. Gespannt betrat ich das bezeichnete Haus. Ich grüßte. Eine Frau kam und sagte: Sie sind sicherlich der junge Mann, den wir erwarten?

Ich nickte. Sie zeigte mir das Zimmer. Es war kalt und ungemütlich. Ich hatte wenig Lust, es zu mieten. Etwas Wärme und Behaglichkeit wollte ich doch haben.

Sie können sich gerne zu uns in die Stube setzen, sagte die Frau. Meine Tochter und ich sind immer alleine.

Sie führte mich in einen angenehmen Wohnraum. Doch ich zögerte immer noch mit der Zusage. Vielleicht hatte ich etwas anderes erwartet? Zu einer runden

Antwort konnte ich mich nicht entschließen.

Die Frau sah mich fragend an und ich blickte nachdenklich vor mich hin, als die Stubentür aufging und ein junges Mädchen das Zimmer betrat. Es sah mich verwirrt an. Wir wurden beide verlegen. Lächelnd nickten wir uns zu. Wir kannten uns ja schon: es war das Mädchen, dem ich begegnet war, ein hübsches Mädchen – es gefiel mir gleich.

Das ist meine Tochter, sagte die Frau.

Sehr angenehm, sagte ich. Und wenn Sie mir das Zimmer vermieten wollen? Und wenn es sie nicht stört, darf ich mich vielleicht zu ihnen in die Stube setzen?

Ich störte nicht. Mit meinem Junggesellenleben war es so gut wie aus. Ich heiratete natürlich das Mädchen und blieb in diesem kleinen Ort. Alles hat sich so entwickelt, wie du es siehst.

In diesem Augenblick betrat die junge Frau das Zimmer. Sie hatte die letzten Worte gehört und fragte: Was siehst?

Dich, antwortete der Mann. Er nahm die Frau in die Arme. Ich blickte aufmerksam in eine Zeitung, die auf dem Tisch lag.

Der Mondsüchtige

Ich war damals noch ein junger Mann, erzählte der Inspektor eines Abends und den Sommer über auf einem Hof im Lüneburgischen in Stellung, um auch mal eine andere Gegend unseres Landes kennenzulernen. Die Verhältnisse waren sehr einfach. Der Bauer aß mit den Leuten an einem Tisch. Es wurde überhaupt nicht viel Federlesens gemacht. Es hieß du und du und ich schlief mit dem Fuhrmann auf einer Kammer, die im Oberstock des Hauses lag.

Es ging auf den Abend zu, als ich im Hof eintraf. Die

Hausmutter war in der Küche beschäftigt. Etwas später kam auch der Bauer vom Felde heim. Er gab mir die Hand und fragte: Bist du da? Dabei verzog er keine Miene. Er sagte noch: Fritz der Fuhrmann wüsste Bescheid; er sollte mir alles zeigen.

Ich setzte mich zu dem Fuhrmann auf die Futterkiste. Der Pferdestall lag gleich neben der großen Tür. An der linken und rechten Seite der Diele standen Kühe. Die Mädchen melkten. Sie trugen Kapuzen über den Köpfen und sahen vermummt aus. Es war unmöglich, in ihr Gesicht zu schauen.

Der Fuhrmann war schon mehrere Jahre auf dem Hof. Wir sprachen ein paar Worte miteinander. Der Bauer wäre gut, sagte Fritz und das Land wäre in Ordnung. Das war unser Gespräch. Der Kamerad sah mich prüfend an. Er kannte mich ja noch nicht und verhielt sich etwas zurückhaltend.

Und die Mädchen? fragte ich.

Nichts zu machen, sagte er mit einer Handbewegung, die jede weitere Frage erübrigte; es lohnte sich wohl nicht, über die Mädchen zu sprechen.

Die Hausmutter rief zu Tisch. Man wies mir einen Platz an. Das gemeinsame Essen von Besitzer und Diensten war für mich neu und ungewohnt. Ich fühlte mich fremd und alle jenen ungewissen Gefühle bestürmten mich, die mit dem Wechsel eines Arbeitsplatzes verbunden sind.

Gesagt wurde wenig. Ein paar Worte über das Wetter und die Arbeit – Schweigen. Die Hausgenossen musterten mich ab und zu mit einem Blick. Und auch ich sah mir unauffällig die Gesichter an. Die Mädchen sahen gut aus. Wenn sich unsere Augen begegneten, schlugen sie sie nieder. Mit einer Verlegenheit und einem Lächeln – das alles war aber interessant.

Nach dem Essen half ich dem Fuhrmann, die Pferde zu tränken. Wir saßen noch eine kleine Weile auf der Futterkiste. Die Dunkelheit nahm zu. Sie hüllte die Diele ein. Vor der großen Tür lag ein fahler Lichtschein. Seltsam klar hoben sich die Eichen gegen den Abendhimmel ab.

Wir suchten unsere Kammer auf. Es war noch etwas früh. Doch die Nacht ist bald um, sagte Fritz. Er zeigte mir meine Bettstelle. Wir wünschten uns einen guten Schlaf. Müde von dem unruhigen Tag kuschelte ich mich in die Federn. Ich schlief dann auch bald ein. Meine letzten Gedanken kreisten um die alten Verhältnisse, unter denen ich bisher gelebt hatte.

Plötzlich wachte ich auf. Ein Geräusch lag mir noch in den Ohren. Im ersten Augenblick wusste ich nicht, wo ich mich befand. Das Bett war mir fremd. Im Zimmer war es dunkel. Mondschein fiel durch das Fenster.

Ich verhielt mich mäuschenstill. Das Geräusch wiederholte sich. Mein Atem ging gleichmäßig. Die Augen hatte ich halb geschlossen. Ich wollte doch gern wissen, was mich zu nachtschlafender Zeit störte.

Der Fuhrmann ging durch das Zimmer. Er blieb stehen und horchte. Lautlos wandelte er gegen das Fenster, die Arme ausgebreitet, nur mit einem Hemd und einer Hose bekleidet, eine seltsame Erscheinung, die in keinem Einklang mit diesem stillbesonnenen Menschen stand.

Was sich nun abspielte, war alles so unheimlich, dass ich den Atem anhielt, obgleich mein Herz kräftig schlug. Der Mann öffnete das Fenster, schwang sich über die Brüstung und war verschwunden.

Ich wusste nicht, wie ich mich verhalten sollte. Alle möglichen Gedanken quälten mich. Eine Angst empfand ich um den Kameraden. Er ist mondsüchtig, sagte ch mir. Er wandelt auf dem Dach spazieren, nur mit einem Hemd und einer Hose bekleidet und weiß von nichts. Jeden Augenblick kann er abstürzen und sich das Genick brechen… Meine Sorge um den Menschen wurde immer größer.

Helfen konnte ich ihm nicht. Vielleicht aufstehen und an das Fenster treten und ihn rufen? Das ging nicht. Mondsüchtige darf man nicht anrufen, hatte ich mal gehört. Sie wachen sonst auf und verlieren das Gleichgewicht. Das leuchtete mir ein. Ich verhielt mich abwartend. Es dauerte eine ganze Weile, bis der Fuhrmann zurückkam. Zum Glück heil und gesund. Er legte sich zu Bett. Bald atmete er regelmäßig. Der nächtliche Spuk war beendet.

Ich lag noch lange wach und dachte über den Fall nach. Es war wohl meine Pflicht, den Kameraden auf seine Krankheit aufmerksam zu machen. Er wusste sicherlich nichts davon und es war doch notwendig, dass er etwas dagegen unternahm. Die widerstrebendsten Empfindungen bewegten mich. Eine angenehme Aufgabe stand mir ja auch nicht bevor.

Am nächsten Morgen fiel mir der Entschluss, den Zimmerkameraden aufzuklären schwer genug. Doch es musste sein und deshalb nahm ich mir ein Herz und erzählte alles. Er wusste natürlich von nichts. Wie aus den Wolken gefallen rief er: Ich? Ich soll mondsüchtig sein? Das ist das Neueste, was ich höre!

Es war aber doch so. Ich hatte das selbst gesehen. Mitleidig sah ich den Mann an. Ausführlich schilderte ich ihm die Art seines Zustandes. Jede Einzelheit hielt ich ihm vor. Der Mondsüchtige sah mich erstaunt an.

Doch dann lachte er laut und herzlich. Er schüttelte den Kopf und sagte: Mensch, was du dir für Gedanken machst! Er schüttelte immer wieder den Kopf, schätzte

mich aufmerksam ab und fragte schließlich mit ge-
dämpfter Stimme: Kannst du schweigen?

Ich war etwas beleidigt und verwundert. Meine Mitteilung war doch gut gemeint. Dass ich ihm das mit
seiner Mondsüchtigkeit gesagt hatte, war mir schwer
genug gefallen. Und nun? Ich zuckte die Schultern:
schweigen könnte ich schon.

Wort drauf? Fragte er.

Mein Wort, sagte ich.

Ich bin nicht mondsüchtig, erklärte der Mann. Das
ist Unsinn! Er trat gegen das Fenster und fragte: Siehst
du, wie das Mondlicht gegen jene Scheiben fällt? Dort
schlafen die Mädchen! Und wenn ich nun über diesen
Anbau gehe…

Er sah mich vielsagend an, gleichsam prüfend, ob
ich ihn auch verstanden hätte, gleichsam wägend, wie
ich das Geheimnis auffasste.

Nun, ich machte ein dummes Gesicht. Etwas be-
schämt war ich auch. Meine Verlegenheit brachte es nur
zu einem staunenden Lächeln.

Der Kamerad aber lachte hellauf. Er gab mir die
Hand. Das Geheimnis blieb unter uns.

Das Wiedersehen am Mittagstisch

Gäste kamen und gingen. Teller klapperten, Löffel klirr-
ten. Die Servierfräulein nahmen die Bestellung entgegen
und gaben sie laut und befehlsmäßig an die Küche weiter. Um diese Stunde war der Essraum immer überfüllt;
nur ein Platz war noch frei.

Ein junges Mädchen betrat das Lokal. Es legte den
Mantel und die Aktentasche ab und fragte: Sie gestatten?

Der junge Mann sah von seinem Teller auf und sagte: Ja. Sie sahen sich an und schwiegen betroffen. Er

dachte: Sie ist es. Sie dachte: Er ist es.

Ein eigenartiger Zufall: Vor zwei Jahren hatten sie sich kennengelernt. Sie waren zusammen ausgegangen. Auch einmal ins Freie gefahren. Alles ließ sich gut an und dann – dann war die Freundschaft abgerissen, plötzlich, unmotiviert, kein Wort mehr, kein Brief, nichts… Und nun, nun saßen sie sich an einem Tisch gegenüber, sahen sie sich an, beobachteten sie sich unsicher und verlegen.

Das Mädchen sagte: Es war kein anderer Platz frei, sonst… Er bewegte erklärend seine Hand.

Sonst? Fragte der junge Mann bestimmt.

Das ist mir unangenehm, sagte das Mädchen. Es lächelte und sagte hastig und schnell: Was sollen Sie von mir denken?

Es lächelte das liebe Lächeln der Frau. Der junge Mann fühlte sich zu ihr hingezogen. Er war schon vielen Frauen begegnet, aber keiner so bedingungslos zugetan wie dieser. Alles war genau wie damals, als er sie zum ersten Mal sah: Eine Frau, die ihm gefiel.

Das junge Mädchen zuckte die Schultern und schwieg.

Der junge Mann sprach langsam und zögernd. Er sagte….Damals…unsere Verabredung…Es kam etwas dazwischen, beruflich…Ich fuhr nach auswärts. Später wollte ich schreiben und Ihnen alles erklären, doch das unterblieb dann…Entschuldigen Sie bitte.

Ich konnte auch nicht kommen, sagte das Mädchen. Seine Stimme zitterte leicht. Es blickte den jungen Mann frei und offen an und sagte: Ich hatte im Geschäft zu tun und verspätete mich… Sie beugten sich über ihre Teller und aßen, sich ab und zu aufmerksam musternd; um sie lärmten die Menschen mit Stühlen, Tellern und Löffeln.

Nach einer Weile fragte der junge Mann: Und nun –

wie geht es Ihnen? Danke, sagte das Mädchen und Ihnen? Es sah für einen Augenblick von seinem Teller auf und fragte lächelnd: Immer noch allein?

Ja, sagte der junge Mann mit einer verlegenen Bewegung, immer noch. Er blickte das Mädchen fest und sicher an und sagte: Im Augenblick allerdings nicht.

Sie lächelten und reichten ihre Hände über den Tisch. Und jetzt begrüßten sie sich und es war vielleicht wieder so zwischen ihnen, wie damals vor zwei Jahren, als sie sich kennenlernten und ohne Abschied trennten.

Und Sie? Fragte der Mann verhalten.

Das Mädchen schwieg.

Immer noch so fleißig? Fragte er.

Das Mädchen nickte. Es sah blass aus. Es hielt sich auch etwas krumm.

Sie sollten nicht so viel arbeiten, sagte er. Sie sollten…

Nein, ich heirate nie, sagte das junge Mädchen, ich habe meinen Beruf, das genügt mir. Es sah unwillkürlich nach seiner Aktentasche, gleichsam zum Beweis: So ist es – alles andere…

Das ist nicht richtig, sagte der junge Mann. Sie sollten sich mehr Ruhe gönnen, nicht immer in der Stube hocken, mal nach draußen fahren, Licht und Luft genießen.

Ich habe viel zu tun, erzählte das Mädchen. Abends wird es immer noch so spät – vor neun bin ich selten zu Haus. Genau wie damals, sagte es lächelnd.

Der junge Mann erzählte: Ich habe mich verbessert. Jetzt verdiene ich ganz gut. Ein paar Jahre noch und dann…

Er sah das junge Mädchen aufmerksam an und fragt: Wie ist nun mit uns?

Keine Antwort.

Das Mädchen stand auf und griff nach seiner Tasche

und wollte gehen. Der junge Mann half ihr in den Mantel. Er stand dicht neben dem Mädchen und fragte: Ist das wirklich alles?

Das Mädchen atmete schwer. Es presste die Aktentasche unter den Arm und sagte mit einem verlorenem Blick: Alles. Und dann leise, kaum hörbar: Sie sind ein frecher Mensch.

Der junge Mann lachte. Er lachte laut und glücklich und begleitete das Mädchen. Auf der Straße blieben sie einen Augenblick stehen. Um sie brodelte der Verkehr. Damen und Herren eilten nach Haus oder ins Geschäft. Straßenbahnen donnerten über die Fahrbahn. Blitzschnelle Kraftwagen sausten und brausten hin und her.

Der junge Mann ließ die Hand des Mädchens nicht los. Er fragte: Wann sehe ich Sie wieder? Er sagte: Sonntagmorgen um neun vor dem Hauptbahnhof – Sie wissen Bescheid?

Das Mädchen antwortete nicht. Es lächelte unentschlossen und antwortete immer noch nicht und der junge Mann sagte: Wir fahren ins Freie; es wird schön werden.

Wort halten, sagte das junge Mädchen etwas unsicher und verlegen, aber doch lieb, wirklich lieb.

Dann trennten sie sich.

Sie hielten Wort.

Zwei silberne Ringe

Der Mann hatte Frühschicht und kam um die Mittagsstunde nach Haus. Die Frau hantierte in der Küche und bereitete das Essen. Er setzte sich mit dem Rücken gegen das Fenster. Eine dumpfe Müdigkeit steckte ihm in den Knochen. Er war erschöpft und hatte zu nichts Lust. Um etwas zu sagen, fragte er die Frau: Was Neues?

Er merkte, dass sie stehenblieb, ihn mit einem

schnellen Blick musterte und dann gleichgültig und tonlos antwortete: Nein, nichts von Bedeutung, kaum der Rede wert.

Betroffen blickte der Mann auf. Die Frau stellte das Essgeschirr auf den Tisch, mit veränderter Miene und Haltung; das fiel ihm auf. Ihr Gesicht erschien ihm traurig und kalt. Ihre Bewegungen waren müde und kraftlos. Er erschrak und fragte hastig: Was soll das heißen?

Nichts, antwortete sie. Mein Ring zerbrach, weiter nichts, der schmale Ring mit dem grünen Stein.

Sie zeigte zur Obstschale, auf der das Schmuckstück lag. Er sah den gesprungenen Ring. Das kleine Geschehen berührte ihn unangenehm. Er begriff, was die Frau verändert hatte und fragte teilnahmsvoll: Vielleicht ist der Ring zu reparieren?

Nein, antwortete sie hart und kurz, das ist er nicht. Sie reichte dem Mann das defekte Schmuckstück, dessen Metall hauchdünn abgeschliffen war. Ich trug ihn Tag für Tag, sagte sie, er war mir der liebste von meinen Ringen. Du schenktest ihn mir, als ich ein junges Mädchen war. Ich freute mich über den silbernen Ring mit dem grünen Stein, Die Frau wechselte den Ton und fragte den Mann erstaunt und verwundert: Wie lange ist das nun schon her?

Er nickte. Er erinnerte sich vergangener Zeiten. Und auch an den schmalen, silbernen Ring, an alles. Er sprach darüber.

Die Frau lächelte bitter. Sie erzählte, wie der Ring zerbrach: Sie hätte über die Tischdecke gefasst, um sie zu glätten und zu ordnen. Plötzlich wäre ihre Hand wie gebannt auf dem Gewebe hängengeblieben. Durch diesen geheimnisvollen, unerklärlichen Vorgang hätte sie sich sehr erschrocken. Die Fäden der Tischdecke verhedderten sich in dem gesprungenen Ring. Das entdeckte sie, als sie vorsichtig die Hand anhob. Und so wäre es nun…

Schweigen.

Während das Ehepaar dem kleinen Ereignis nachgrübelte, das sie getroffen hatte, kam ihre Tochter aus der Fortbildungsschule nach Haus. Sie stürmte in die Küche, umarmte die Mutter und rief: Ich bin so glücklich! Ich bin so glücklich!

Aber Kind, sagte die Frau streng, was ist denn los?

Seht ihr denn nicht? Fragte das Mädchen erstaunt. Es sah die Eltern aufmerksam an. Es bewegte sich graziös. Es ähnelte der Mutter und war fast so groß wie sie.

Nein, wir sehen nichts. Der Mann und die Frau schüttelten die Köpfe: Keine Ahnung! Sie fragten: Was hast du denn?

Einen Ring! Rief das Mädchen begeistert. Von einer Freundin geschenkt, einen silbernen Ring mit einem grünen Stein.

Es zeigte das Schmuckstück. Es war überglücklich. Die Eltern mussten den Ring bewundern. Die Tochter erklärte: Bitte, er ist echt. Hier ist der Stempel. Ist er nicht schön? Ist er nicht wirklich schön?

Ja, er ist schön. Der Vater lobte den Reif. Er wagte es nicht, die Frau anzusehen, die es beharrlich vermied, die geschmückte Hand des Mädchens zu betrachten. Er bedachte das seltsame Zusammentreffen der beiden entgegengesetzten Ereignisse und fühlte die Traurigkeit der Frau und das Glücklichsein der Tochter.

Was hast du? Fragte das Mädchen die Mutter, freust du dich nicht? Bist du böse? Es blickte auf die Obstschale, bemerkte den zerbrochenen Ring und rief: O wie schade! Es umarmte die Mutter und fragte: Sieht er nicht meinem Ring ähnlich? Es bewegte anmutig die Hand und tanzte und sang lebhaft und laut durch die

Wohnung.

Der Mann schwieg. Die Frau ordnete das Essen an. Als die Familie sich zu Tisch setzte, legte der Mann seine Hand auf den Arm der Frau und sagte: Du bist immer noch die Schönste von allen. Es war notwendig, dass er das sagte – gar zu ernst und traurig schaute die Gefährtin aus.

Die Tochter blickte den Vater überrascht an. Über das Gesicht der Mutter glitt ein feines Lächeln. Sie sah wieder frisch und munter aus. Der Fingerring des Mädchens blitzte und blinkte. Der zerbrochene Reif lag einsam und still in der Obstschale.

Wie ich bereits erwähnte, konnte ich mich nicht entschließen, das Roman MS in der gewünschten Weise umzuarbeiten. Ich hatte kein Verhältnis mehr zu dieser Arbeit. Stattdessen beschäftigte ich mich mit einer neuen größeren Niederschrift, mit der ich mich heftig abmühte. Mit dieser Erzählung versuchte ich, ein Stück Leben aufzugreifen und zu gestalten. Doch das fiel mir schwer, denn ich befand mich in einem Irrtum. Dieser Stoff enthielt nicht die glücklichen Teile, die dem ersten zu Eigen waren. Ihn konnte ich anpacken, ohne mich sonderlich um die Form zu kümmern, geschweige denn etwas von ihr zu verstehen. Es begann mit dem Ausbruch des Weltkrieges und setzte sich über sich steigernde Erlebnisse und Ereignisse bis zum Schluss fort. Dieser Atem fehlte der zweiten Niederschrift. Ich entdeckte, während ich mich abquälte zwar manches handwerkliche Wissen, das zur Schriftstellerei gehört. Die Arbeit brachte ich auch mit Ach und Krach zum Schluss, um dann unter unsäglichen Qualen zu erfahren, dass ich mich geirrt hatte und was ihr fehlte. Zwischendurch brachte ich einige Kurzgeschichten zustande, deren Themen plötzlich reif waren und die mir gleichsam aus der Feder sprangen. Voraussetzung war wohl jeweils eine Theorie, die mir einfiel und die mich befähigte, den einen oder den anderen Stoff festzuhalten und zu gestalten. Oft konnte ich nach einer Auffassung mehrere Geschichten schreiben. Doch nicht jeder Stoff fügte sich dem Schema.

Mit der Erzählung „ Der Weidepfahl" erfüllte ich eine Pflicht, in der ich ein Erlebnis und eine Beobachtung verarbeitet hatte. Ein lieber Mensch war im Krieg gefallen. Doch das Leben hatte die große Lücke, die durch seinen Tod entstanden war, bald wieder geschlossen. Unheimlich geschlossen, fand ich, fast so, als wenn er nie auf der Erde gewesen war. Mit meiner Geschichte wollte ich ein kleines Mahnmal für ihn und seine gefallenen Kameraden aufrichten.

„Die Verlobungsanzeige" habe ich erfunden. Die Zeitungsschriftleitungen reagierten sofort darauf. Das Schwergewicht einer Erfindung liegt wohl immer in der Handlung. Die Handlung aber interessiert den Leser. Und der Leser bestimmt, was gedruckt und letzten Endes geschrieben wird.

Die Erzählung „Als ich meine kleine Schwester vergaß" trägt unwillkürlich persönliche Züge. Weshalb sie auch ihr Glück nicht machte. Mir war sie ein Stück Ehrensache. Ich hatte mich damals als Junge vertan und atmete eigentlich erst auf, als meine Schuld niedergeschrieben war.

Nur ein alter Weidepfahl
Jedes Jahr um diese Zeit treibt es mich für einige Tage aufs Land, sagte mein Reisegefährte. Wir saßen uns in

einem Abteil der Kleinbahn gegenüber. Auf einer der letzten Stationen war er eingestiegen. Wir hatten uns zuerst schweigsam gemustert. Nun erklärte er mir unaufgefordert den Grund seiner Reise. Mit einer Handbewegung unterstrich er seine Worte. Ich nickte. Wir blickten für ein paar Augenblicke auf die Landschaft, die hell und sonnig vorüberglitt. Die Äcker dampften. Eine kleine Birkenschonung schimmerte im zartesten Grün. Dunkel und streng hoben sich einige Kiefern gegen den ersten heiteren Hauch des Frühlings ab.

Mich packt dann immer ein Sehnen, sagte der Mann mit einem Lächeln, das mich um Verständnis und Nachsicht bat. In der Stadt halte ich es dann nicht mehr aus, gestand er offen, es hilft alles nichts: Ich muss mich für ein paar Tage freimachen und nach draußen fahren. Der Frühling ist wohl schuld, die milde Witterung; ich weiß es nicht.

Der Mann war gut dreißig Jahre alt. Er machte einen sympathischen Eindruck. Gestalt, Sprache und Gesten verrieten Ordnung und Kraft. Seinen Worten stimmte ich aus vollem Herzen zu.

Nicht wahr? Fragte er erfreut, dieses Sehnen liegt in der Natur; wir können uns ihm nicht entziehen. Wenn ich vom Bahnhof zu dem kleinen Bauernhof gehe, mit dessen Bewohnern ich seit 20 Jahren befreundet bin – während der Kriegszeit nahmen sie mich als Stadtjunge in Pflege - und wenn ich dann im Abendlicht eine Reihe Birken sehe, die sich mit all ihren feinen Zweigen schlank und leicht gegen die jagenden Wetterwolken abheben, dann werde ich wunderbar ruhig und besonnen. Ich fühle mich befreit und geborgen. Alle Last fällt von mir ab. Langsam und sicher gehe ich meinen Weg. Alles, was ich sehe und erlebe, macht mich froh.

Da ist der Hof. Eichenrauschen. Ich gehe über die

Diele. Wohlige Wärme empfängt mich. Ich sehe die Kühe und Pferde und Kälber. Ja, ich nicke ihnen still zu und habe unsinnige Worte auf den Lippen; so freut mich unser Wiedersehen. Liebe Menschen nehmen mich auf. Wir haben uns viel zu erzählen. Unwillkürlich erinnere ich mich immer an jene Stunde, da ich zum ersten Mal den Hof betrat. Nun kenne ich alles: Menschen und Tiere, Wege und Stege, Felder und Wiesen.

Am nächsten Morgen ging ich an einem kleinen Bach längs, wie ich das schon als kleiner Junge gern tat. Der Wasserlauf schlängelt sich durch eine Wiesenniederung. Seine eigenwillige Gestalt tut es mir immer aufs Neue an. Ich kann mich kaum sattsehen an seinen Krümmungen und seiner Klarheit. Alles ist so echt und natürlich – eine eigene Welt für sich; und ich tapse mit langen Beinen von einem Ufer zum anderen und fühle mich als Riese und wer weiß was noch! Im Grunde empfinde ich wohl die Natur: Diesen kleinen Bach, die Wiesen ringsum, den hohen Himmel mit den ziehenden Wolken, das wechselnde Sonnenlicht, das Glück.

Nachts dehnen sich die Viehweiden aus, die zum Hof gehören. Ich kenne sie genau: Sie sind sauber eingezäunt, wo sich die vier gleich großen Quadrate berühren, steht ein Schutzstall. Ich sehe kein großartiges Bild: Die Riesenfelder muten großartig an. Alles ist zweckmäßig eingerichtet. Sie sind obendrein unbeweidet, fast grau. Nur wenn man ganz genau hinsieht, bemerkt man einen zaghaften grünen Schimmer. Das erste Frühlingsregen, sagt man sich, die Rinder sind noch im Stall.

Der Jungbauer bessert den Zaun aus. Das ist auch so eine Frühlingsarbeit, erinnerte ich mich. Wenn wir erst so weit waren, dass wir die morschen Weidepfähle auswechselten und den schadhaften Draht reparierten, ließen die warmen Sonnentage nicht mehr lange auf sich warten.

Interessiert trat ich näher. Der Jungbauer ließ sich nicht in seiner Arbeit stören. Er beachtete mich überhaupt nicht sonderlich. Er hatte anderes zu bedenken und zu tun, als sich um einen Städter zu kümmern, der zu seinem Vergnügen aufs Land fährt. Er verkörpert die neue Hofgeneration. Wenn ich ihn auch von Kind auf kenne, so hat das für unsere Beziehungen kaum etwas zu sagen; sie reichen über die notwendigen Gesten der Gastfreundschaft nicht hinaus.

Den Weidenzaun ausbessern? Fragte ich ihn.

Er sagte: Ja. Mit einem Spaten legte er das Fußende eines knorrigen Weidenpfahles frei. Dieser Stamm gehörte nicht zu den glatten und ausgetrockneten, die gleichmäßig die großen Flächen einfriedigen. Nein, er war rau behauen in die Erde gesetzt, hatte Wurzeln geschlagen und stand schon manches Jahr treu und brav an seinem Platz.

Er steht mir schon lange im Wege, erklärte der Jungbauer, ohne in seiner Arbeit einzuhalten. Sorgfältig steckte er die Grassoden aus. Nun konnte er die Wurzeln von der Erde freilegen. Deutlich waren ihre feinen Äderchen zu verfolgen.

Dieser Pfahl verschandelt mir die Weide, sagte der junge Mann. Ich möchte mal wissen, wer dieses Ungetüm hier eingesetzt hat, noch dazu grasgrün, was für ein Unverstand!

Er sah mich mit einem schnellen Seitenblick an. In Wesen und Art gleicht der junge Mann ganz seinem Vater. Vor zwanzig Jahren stand ich mit dem Mann an dieser Stelle. Ich war ein Junge von 12 Jahren. Nachmittags ging ein schweres Gewitter nieder. Das Vieh brach aus der Weide. Der Bauer, damals gerade zur Taufe seines Erstgeborenen von der Front auf Urlaub, fing die

Rinder wieder ein. Später suchten wir die schadhafte Zaunstelle; hier fanden wir sie. Der Pfahl war morsch. Schnelle Hilfe tat not. Kurz entschlossen haute der Urlauber eine junge Weide um. Notmäßig ästete er den Stamm sauber. Ich half ihm, so gut ich es vermochte. Ja, seine Art, die Arbeit anzupacken, beeindruckte mich mächtig. Jeder Schlag saß. Wir besserten den Schaden aus.

Ganz deutlich hatte ich das kleine Erlebnis vor Augen. Ich erzählte es dem jungen Bauern. So ganz nebenbei – es war mir ein Bedürfnis, ihn und mich an jene Stunde zu erinnern.

Er hatte die Wurzeln des Stammes freigelegt und schickte sich an, sie abzuhauen. Meine kleine Erzählung störte ihn nicht. Er sah nicht einmal auf. Tatkräftig ging er in seiner Arbeit zu Werk.

Ich wandte mich um und ging zum Hof zurück. Ich ging denselben Weg, den ich damals mit dem Soldaten gegangen war, schweigsam in seinen Fußspuren. Das Geschirr trugen wir auf den Schultern. Der Abendhimmel wob unablässig einen Schleier. Der Soldat ging diesen Weg zum letzten Mal. Am Sonntag fuhr er seinen Sohn zur Taufe. Zwei Tage später reiste er an die Front zurück. Nach bangen Wochen kam die Nachricht aus Frankreich: Auf dem Feld der Ehre gefallen.

Er kehrte nicht zurück. Ich habe oft an ihn gedacht. Unsere letzte gemeinsame Arbeit hatte etwas wie Verbundenheit zwischen uns geschaffen. Nun begleitete er mich durch mein Leben, das nicht leicht war; Notjahre, Krisenjahre – oft stand mir das Wasser bis an den Kragen. Aber ich verlor den Mut nicht. Wenn es mir ganz schlecht ging, hatte ich das Bild des gefallenen Soldaten vor Augen: seine Tüchtigkeit, seinen Ernst, sein Schweigen. Es ist sonderbar, ich glaube an ihn wie an einen

Schutzengel. Er war es wohl auch, der mich beschützte. Gestern, einen Tag vor meiner Abreise, führte mich mein Weg noch einmal über die Weide. Eine stille Freude überraschte mich: Der liebe alte Weidepfahl stand breit und fest in dem gleichmäßig ausgerichteten Zaun. Ich legte unwillkürlich meine Hand auf den Stamm; junge Schösslinge trieben mit ihm ihr wundersames Werk. Er quoll über von Saft und Lebenslust. Das grünende Drängen und Bersten berührte mich froh. Und vielleicht auch noch einige andere Zusammenhänge? Die Grasnarben am Fuße des Pfahles waren sorgfältig wieder eingesteckt; nichts erinnerte daran, dass er vor einigen Tagen ausgewechselt werden sollte,

Heute Mittag verabschiedete ich mich von meinen Gastgebern. Die betagten Eltern des gefallenen Soldaten waren sehr herzlich zu mir. Am meisten freute es mich aber, dass der junge Bauer ins Haus kam und mir die Hand gab. Wir sahen uns in die Augen und schwiegen.

Nein, kein Wort weiter, beendete mein Reisegefährte seine Erzählung. So ist es gut.

Die Verlobungsanzeige

Über die Verlobungsanzeige wunderte ich mich. Ich kannte das Mädchen und kannte den jungen Mann. Er ist Schmied von Beruf, ansehnlich und arbeitsam, nur etwas schwerfällig, kein großer Redner, kein galanter Kavalier. Das Mädchen, einige Jahre jünger als er, ist flink und frisch, eine gute Tänzerin, eine hübsche Person. Ich wusste, dass es von dem Schmiedegesellen nichts wissen wollte. Ich erinnerte mich, dass es dem Burschen einen Tanz abschlug und im nächsten Augenblick mit dem schmucken Molkereigehilfen durch den Saal wirbelte, dass es eine Freude war. Der Molkerist trug eine weiße Mütze. Er ließ es nicht an schönen Worten fehlen. Er hatte Glück bei den Mädchen. Der Schmiedegeselle nicht.

Und nun diese Anzeige! Ich war längere Zeit nicht zu Haus gewesen; nun guckte ich in das Heimatblatt. Es ist immer interessant eine Zeitung zu lesen, die man von Jugend auf kennt: Ein Bauer will eine Kuh mit Kalb verkaufen und ein anderer eine Glucke mit zwölf Küken. Alle Dinge und Namen und Orte sind einem bekannt. Und an den Festtagen hieß es: Wir haben uns verlobt ...

Dieses Mädchen und der Schmiedegeselle, fragte ich meinen Freund, die haben sich verlobt? Wie ist denn das möglich!

Genaues weiß man nicht, antwortete er. Vor einem Vierteljahr sah es noch ganz so aus, als ob der Molkereigehilfe der Hahn im Korbe wäre, aber dann, eines Abends ...ich selbst habe das nicht gesehen. Ich kann dir nur sagen, was die Leute sich erzählen.

Darum bat ich. Mein Freund berichtete: Wir hatten im März schöne Tage: Zwanzig Grad in der Sonne; die Abende waren so warm wie in der Erntezeit Das Mädchen saß auf der kleinen Bank vor dem elterlichen Haus. Der Schmiedegeselle stand auf der anderen Seite der Straße vor der Werkstatt und rauchte seine Pfeife. Er kümmerte sich um Gott und die Welt nicht; er hatte aber wohl die Hoffnung immer noch nicht aufgegeben. Und nun kam der Molkereigehilfe des Weges. Seine weiße Mütze schimmerte durch die Dämmerung. Er sah unternehmungslustig aus. Er blieb bei dem Mädchen stehen. Er forderte sie auf, mit ihm spazieren zu gehen. Vielleicht zur Wassermühle? Dort ist es so schön! Und dann bei diesem Wetter! Wir könnten wohl geradezu rudern.

Das Mädchen hatte ganz sicher nichts gegen die Ein-

ladung – doch allein? Es sagte nein. Es wollte nicht.
Höchstens, wenn der Schmiedegeselle mitginge? Es
machte sich nichts aus ihm, aber dann wären sie doch
immerhin eine kleine Gesellschaft.

Der Molkereigehilfe war sich seiner Sache gewiss. Er
lud auch den Schmiedegesellen ein. Der steckte seine
Pfeife in die Tasche und sagte ja. Es war ihm wohl lieb,
so dicht neben dem Mädchen zu gehen, das er verehrte.
Er sagte nicht viel, ein paar Worte - schweigen. Der
Molkerist . Er lachte und scherzte. Das Mädchen lächelte ihm zu. Den Schmiedegesellen beachtete es nicht.

Sie spazierten durchs Dorf und gingen am Bach ent-
lang. Und hier ist auch der Mühlenteich. Das Boot lag
noch nicht auf dem Wasser, doch der Abend war wirklich schön.

Wie ein Sommerabend, sagten die Dorfbewohner.
Sie standen vor den Haustüren. Sie redeten miteinan-
der. Sie hatten die jungen Leuze gesehen und lobten das
Wetter.

Mit dem Rudern wurde es also nichts. Das Mädchen
sagte: Schade. Der Molkereigehilfe wollte den Boots-
schuppen aufbrechen, doch das Schloss erwies sich als
zu stark. Er musste etwas anderes anstellen, um das
Mädchen zu unterhalten. Das war seine Aufgabe; das
sollte sich finden. Der Schmied sagte nicht ja und nicht
nein. Und jetzt steckte er auch noch seine Pfeife an. Er
benahm sich so dumm wie irgend möglich.

Wetten! rief der Molkerist, dass ich über diesen
Querbalken balanciere? Sie standen vor dem Wasserrad,
weißt du, die Schleuse war zugeschottet. Die Mahlgän-
ge arbeiteten nicht. Der Molkerist rückte an einen Hebel. Die aufgestaute Flut brauste los. Sie stürzte gegen
das Rad. Der Held mit der weißen Mütze brachte die
Mühle in Betrieb. Und jetzt wollte er auch über den

Querbalken balancieren, der über die Schleuse führt. Er fragte den Schmiedegesellen: Machst du mit? - Nein.- Feige? Fragte der Molkereigehilfe. Er sah das Mädchen an. Er sah den Nebenbuhler an. Er setzte seinen Fuß auf den moosbewachsenen Balken. Das Wasser rauschte durch die Schleuse. Der Schmied rührte sich nicht vom Fleck. Das Mädchen lachte.

Feige! Schrie der Weißbemützte. Er turnte über den Balken. Mit voller Sicherheit: Seht, was bin ich für ein Kerl! Er benahm sich übermütig und winkte dem Mädchen zu. Er geriet ins Wanken und griff in die Luft. Für einen Augenblick gewann er das Gleichgewicht zurück. Dann spritzte das Wasser hoch. Ein Schlagen und Prusten war zu hören. Der Molkerist tauchte unter und tauchte auf. Die Flut riss seine Mütze in rasendem Strudel gegen das Wasserrad. Er versuchte, sich festzuhalten. Doch die Holzbalken unter den Füßen waren zu glatt. Er glitschte aus und bewegte sich höchst unglücklich. Er fand keinen Halt und schrie…

Der Schmied ging an den Hebel. Ein Ruck-das Wasserrad stand still. Die Flut brauste nicht mehr. Der Reingefallene hielt sich an einer Seitenbohle fest. Er bemühte sich, aus der Schleuse zu klettern. Das wollte ihm nicht gelingen. Er bat den Schmiedegesellen um Hilfe.

Der steckte sich seine Pfeife in Brand. Nun fragte er den Nebenbuhler: Feige? Er fragte noch einmal: Feige? Der Molkereigehilfe schwieg. Hilflos klammerte er sich an den Schleusenrand. Der Schmiedegeselle reichte ihm die Hand und zog ihn an Land.

Da stand er nun, der große Held, durchnässt von oben bis unten, mützenlos und reingefallen. Ihn fror jämmerlich. Die Zähne klapperten ihm im Mund. Er sagte kein Wort. Das Mädchen erholte sich von einem Schrecken. Es befahl: Mach, dass du nach Hause kommst!

Der Molkerist zögerte noch einen Augenblick, doch das Mädchen sagte: Lauf Mensch! Und jetzt lief er, als wenn es das Leben galt. Er sah sich nicht einmal um.

Der Schmiedegeselle brachte das Mädchen heim. Sie wurden sich wohl einig, denn sie gingen Arm in Arm durchs Dorf. Die Leute sahen das Paar. Nein, die Verlobungsanzeige wundert uns nicht.

Und der Molkereigehilfe? Fragte ich.

Der! Rief mein Freund. Vorhin ging er hier noch vorbei. Wieder mit der weißen Mütze.

Als ich meine kleine Schwester vergaß. . .

Mein Vater war im Weltkrieg. Meine Mutter arbeitete in einer Wäschefabrik. Ich war ein Junge von 11 Jahren und hütete das vierjährige Schwesterchen. Die Vormittage, während meiner Schulzeit, befand sich das kleine Mädchen in der Obhut einer Nachbarin; nachmittags war es mir anvertraut. Das ist keine leichte Aufgabe für einen Jungen. Ich erfüllte sie ungern, fügte mich aber den Kriegsverhältnissen – die Mutter hatte es schwer genug.

Eines Nachmittags im Spätsommer saß ich mit meiner kleinen Schwester auf den Treppenstufen unseres Wohnhauses. Die Sonne schien hell und warm. Der Tag war recht geeignet, etwas Feines zu unternehmen: Man konnte im Sand spielen. Man konnte an den Fluss gehen. Man konnte durch den Park laufen und mit Steinen und Stöcken nach den grünen Knollen der Kastanienbäume werfen.

Es dauerte nicht lange und meine Kameraden kamen an unserem Haus vorbei. Sie hatten ihre Kriegsausrüstung angelegt und teilten mir ernst und wichtig mit, dass Gefahr gemeldet wäre: Unsere alten Widersacher, die Neustädter, planten einen Angriff auf unser Stadt-viertel. Wir müssten uns verteidigen. Zunächst sollte unsere Sandbefestigung, die wir auf einem freien Bau-gelände angelegt hatten, instand gesetzt werden. Dann wollte man die Gefechtslage überprüfen und den Feind angreifen.

Ein Soldatenspiel ging mir über alles. Die Kamera-den forderten mich auf: Komm mit! Sie sagten: Das ist Ehrensache! Wir hauen die Neustädter in die Flucht, dass sie das Wiederkommen vergessen. Ich verharrte unentschlossen zwischen meiner Soldatenehre und meiner Bruderpflicht. Meine Schwester saß neben mir. Das kleine Mädchen war mir anvertraut. Ich durfte es nicht verlassen. Die Jungen zuckten verächtlich die Schultern und rückten ab, dem Spiel und dem Kampf entgegen. Wuchtig verhallte ihr Marschlied in den Stra-ßen.

Noch nie empfand ich meine Kindermädchenaufga-be so lästig wie an diesem Nachmittag. Ich konnte mei-ner Schwester nicht böse sein: Sie war artig und lieb, ein kleines, zierliches Wesen mit großen, ernsten Augen. Es erinnerte mich an die Mutter, die für uns arbeitete. Es erinnerte mich an die schwere Zeit, in der wir lebten. Es erinnerte mich an mein Schicksal, auf einer Treppenstu-fe zu sitzen, während die Kameraden spielten und kämpften.

Ich nahm das Mädchen an die Hand und spazierte mit ihm durch die Straßen. Unser Weg führte uns in die Nähe des Bauplatzes, auf dessen Gelände sich die wa-ckere Kriegsschar eifrig tummelte. Patrouillen kamen und gingen. Die übrigen Jungen verstärkten die vor-handenen Laufgräben und Wälle.

Mich packte das heiße Verlangen mitzutun. Ich konnte meinem Drängen nicht widerstehen, griff nach einer Schaufel und schanzte. Die kleine Schwester hatte ich in eine Sandnische gesetzt. Sie verfolgte aufmerksam unser lautes Leben und Treiben. Nein, sie bewegte sich nicht vom Fleck und machte mir nicht das Geringste zu schaffen. Ich geriet in einen mächtigen Eifer. Die Begeisterung ging mit mir durch. Wir wollten den Neustädtern unsere Kraft und Stärke zeigen. Sie sollten nur kommen! Sie sollten sich eine Abfuhr holen!

Alarm! Alle Mann an die Gewehre! Feind ist in Sicht! Hinein in den Kampf!

Am weißen Kreuz stießen die Gegner zusammen. Wir schlugen eine heftige Schlacht, die mehrere Stunden dauerte. Die Neustädter entkamen im Schutz der Dunkelheit. Wir verfolgten sie bis an ihre Stadtgrenzen. Müde und hungrig kam ich nach Haus. Zum Glück mit heilen Knochen. Mein Anzug war heil geblieben.

Die Mutter öffnete die Wohnungstür. Sie sah, dass ich allein war und fragte nach der Schwester. Sie starrte mich mit ängstlichen Augen an. Meine Kampf- und Siegesstimmung verlor sich jäh – die Schwester hatte ich in meinem Eifer vergessen. Von Beginn des Sturmes bis jetzt war sie mir aus dem Sinn gekommen. Mit keinem Gedanken hatte ich mich an sie erinnert. Umso größer war mein Schrecken: Du hast deine Schwester verloren!

Die Mutter weinte und klagte. Sie wollte wissen, wo das kleine Mädchen wäre. Sie bedrohte mich und vergrößerte meine Angst. Ich konnte ihr keine Antwort geben, stürzte wie gehetzt aus dem Haus und lief zu dem Sandplatz, wo ich die Schwester zuletzt gesehen hatte.

Es dunkelte stark. Ich torkelte über ausgeworfene Laufgräben und angehäufte Böschungen. Die Sandnische, in der meine Schwester gesessen hatte, war leer. Ich erinnerte mich an meine Kampfbegeisterung und an den Zusammenprall mit dem Gegner. Was für eine Freude und Lust beseelte mich! Wie froh und glücklich war ich am Nachmittag gewesen, während ich nun erschrocken und betrübt die verlassenen Sandwälle absuchte. Nein, meine Schwester fand ich nicht.

Mich quälte die große Angst: Sie ist verloren. Du bist schuld. Es gereute mich, dass ich nicht besser auf das kleine Mädchen geachtet hatte. Ich klagte mich an, während ich die anliegenden Straßen durchstreifte, um die Schwester zu finden. Ich musste sie finden. Ohne sie durfte ich nicht nach Haus kommen. Die Mutter würde mich bestrafen, nahm ich an, noch dazu mit vollem Recht, denn ich hatte mich gröblich vergangen.

In meiner Not fragte ich die Straßenpassanten, ob sie nicht meine Schwester gesehen hätten: Ein kleines Mädchen namens Grete, nicht größer also, blonde Lockenhaare. Ich habe es verloren.

Nein, sie hätten meine Schwester nicht gesehen. Aber ich könnte zur Polizei gehen, dort würde man sicherlich Näheres wissen. Es käme oft vor, dass man kleine Kinder, die sich verlaufen hatten, auf einer Wache ablieferte.

Die Leute sprachen vernünftig mit mir. Sie sahen auf mich herab mit ernsten Gesichtern. Sie erkannten meine Not und trösteten mich: Du findest deine Schwester wieder.

Das glaubte ich nicht. Ich glaubte, dass mich die Polizei festhielt, wenn sie erfuhr, dass ich meine Schwester vergessen hatte. Einfach vergessen hatte! Eine größere Schuld konnte es nicht geben. Es war mir unfasslich, dass ich mich nicht an das Mädchen erinnert hatte. Ich überprüfte mein Gedächtnis: Vom Augenblick des Kampfbeginns an war die mir von der Mutter übertragene Pflicht: Hüte deine Schwester! ausgelöscht. Das begriff ich nicht. Das schmerzte mich. Grete war ein liebes, kleines Mädchen gewesen. Es saß artig im Sand. Still und friedlich schaute es den kampfbegeisterten Jungen zu. Überdeutlich hatte ich dieses Bild vor Augen.

Ich weiß nicht, wie lange ich mich müde und mutlos durch die Straßen schleppte. Es war sicherlich sehr spät, als ich unser Haus betrat. Die Mutter erwartete mich und fragte streng: Kommst du endlich?

Ich nickte stumm. Es war mir unmöglich ihr zu sagen, dass ich die Schwester nicht gefunden hatte. Ein Leid bedrückte mich, dem ich mich ergab: Nun ist alles aus!

Die Mutter führte mich in die Küche. Das Gaslicht blendete mich; ich schloss die Augen. Es fehlte nicht viel und ich wäre umgefallen. Als ich mich an die Helligkeit gewöhnt hatte, entdeckte ich meine Schwester, ich wusste nicht, ob ich wachte oder träumte: das kleine Mädchen saß in dem großen Sessel, der neben dem wärmenden Herd stand und blickte mich vorwurfsvoll an.

Die Mutter erklärte: Eine Nachbarin fand Grete auf der Straße. Sie nahm sie mit nach Hause und lieferte sie bei mir ab. Wie konntest du deine Schwester vergessen?

Ich zuckte die Schultern. Ich versprach, dass das nicht wieder vorkommen sollte. Die Mutter schimpfte mich nicht aus. Der ausgestandene Schrecken, der sich auf meinem Gesicht widerspiegelte, bestrafte mich. Den vorwurfsvollen Blick, mit dem mich meine Schwester anguckte, vergaß ich nie. Noch heute bin ich froh, dass die Geschichte gut auslief.

Und dann brach der Krieg aus. Nein, er überraschte mich nicht. Wir hatten oft über ihn gesprochen – meine Freunde und ich – nun war er da und wir rechneten mit einer langen Dauer und einer deutschen Niederlage. Klar, dass man das nicht sagen durfte. Selbst die gutgemeinte Meinung: Kinder, der Krieg kann Jahre dauern, erregte Unglauben und Ärgernis und konnte als defätistische Äußerung ausgelegt werden und unter Umständen mit dem Tode bestraft werden. Die Leute waren durch die Bank wie vor den Kopf geschlagen und klammerten sich noch stärker an die Worte ihres Führers als vor dem Ausbruch des Krieges.

Einige Tage vorher war ich nachts aus dem Schlaf getrommelt worden. Ein Postbote lieferte mir einen Stellungsbefehl ab. Text: Sie haben sich dann und dann da und da zu melden.

Ich stellte fest, dass es sich bei der angegebenen Adresse um einen Straßenreinigungshof handelte, auf dem ich mich kurz nach Kriegsbeginn auch pünktlich einfand. Der zuständige Leiter wusste von nichts und raufte sich die Haare über die vielen jungen Leute, die sich bei ihm meldeten. Er befahl uns, zu warten und sprach telefonisch mit seinen Vorgesetzten, um zu erfahren, was er mit uns anfangen sollte. Schließlich sagte er: Geht nach Haus, Leute, ihr bekommt Nachricht.

Einige Tage später erhielt ich den Befehl, mich zu einer militärischen Untersuchung einzufinden. Sie spielte sich in einer Schule in der Neustadt ab und dauerte vom frühen Morgen bis zum späten Abend. Die letzte Frage, die man mir vorlegte, lautete: Sind Sie vorbestraft?

Ich antwortete wahrheitsgemäß: Ja, wegen Vorbereitung zum Hochverrat mit zwei Jahren Gefängnis.

Der Musterungsoffizier machte den Mund auf und

starrte mich an. Dann steckten seine Kollegen und er die Köpfe zusammen. Sie schlugen Akten auf und zu und sahen mich immer wieder vorwurfsvoll an, um dann zu erklären: Ich hätte hier nichts zu suchen, denn ich wäre wehruntauglich. Gehen sie nach Hause und warten sie weitere Nachrichten ab.

Ich war also wieder ein ordentlicher Zivilist, der seiner Arbeit nachging und der mit dem Krieg nichts zu tun hatte. Leider musste ich meine Stellung bei einer Kaffeefirma, die von heute auf morgen stillgelegt wurde, aufgeben. Ich meldete mich beim Arbeitsamt und da man auf meiner Karte feststellte, dass ich an der Autobahn gearbeitet hatte, dienstverpflichtete man mich zur Organisation Todt, die in dem früheren Tanzlokal Flora an der Gröpelinger Heerstraße ein großes Versorgungslager aufbaute, aus dem sie die Luftverteidigung der Stadt organisierte.

Ehe ich mich also recht versah, hatte man mich schon in die Kriegsmaschinerie eingereiht. Als ich am ersten Morgen auf meiner neuen Arbeitsstelle einfand, trat mir ein alter, griesgrämiger Mann der Wach- und Schließgesellschaft entgegen, der mir erklärte: Warten Sie. Um 10 Uhr wird hier ein junger Mann auftauchen. Das ist der Leiter.

Richtig, gegen 10 Uhr hielt ein Auto vor der Tür. Ein junger Mann stieg aus und mit ihm zwei Damen, seine Sekretärinnen. Er nahm mir die Papiere ab und fragte mich, ob ich mit Leuten umgehen könnte? Und als ich das halbwegs bejaht hatte, beförderte er mich zu seinem Vorarbeiter. Es kommen noch eine Menge Leute vom Arbeitsamt. Die müssen Sie annehmen und dann müssen sie arbeiten. Das ist Ihre Aufgabe.

Nun, im Grunde hatte sich mein neuer Chef ja den richtigen Mann ausgesucht. Doch froh bin ich in der mir aufgedrängten Rolle nicht geworden. . Von früh bis spät lieferten Lastzüge alle möglichen Artikel an, die zur Ausrüstung von Luftverteidigungsunterkünften benötigt werden. Angefangen von Essbestecken über Tische, Stühle, Spinde usw. bis zu Decken, Matratzen (gültig für mehrere Art Menschen) und Wasserbadkessel. Andere Lastzüge wurden laufend wieder mit diesen Artikeln beladen und zu den Luftverteidigungsstellen in Marsch gesetzt.

Von früh bis spät ging es hoch her. Die Abwicklung aller Geschäfte einschließlich der Entlohnung der Arbeiter erfolgte durch eine Privatfirma, die man auch dem Leiter des Versorgungslagers das Auto einschließlich der Sekretärinnen zur Verfügung gestellt hatte. Alles in allem ein tolles Unternehmen!

Gerüchte, die man mir haufenweise zutrug, fertigte ich mit dem Hinweis ab, dass die Sittengeschichte jeder Epoche geschrieben wird. Mit dem Leiter der Organisation war schlecht Kirschenessen. Am Telefon redete er sich selbst mit Herr an. Er hatte den Polenfeldzug als Offizier mitgemacht. Ein siegreicher Krieger also und dekoriert war er auch noch.

Wir waren bereits mehrmals zusammengerückt, als er mich eines Tages aus meiner Dienstverpflichtung entließ und vor die Tür setzte. Man verlangte von mir die Lösung von Transportaufgaben, für die mir die Geräte fehlten. Da man sie mir nicht zur Verfügung stellte, lehnte ich als Vorarbeiter die Verantwortung für derartige Arbeiten ab. Meine Bemerkung: Nicht an Sie hält man sich, wenn ein Unglück passiert ist, sondern an mich, gefiel dem jungen Herrn nicht und ich konnte gehen.

Das passte mir ganz gut, denn ich hatte in der Lotterie etwas Geld gewonnen und stürzte mich wieder mit

Vehemenz in die Schriftstellerei. Mir gelangen auch einige Kurzgeschichten, die ich niederschrieb und verkaufte.

Die Arbeiten flossen mir meistens in einem Stück aus der Feder. Trotzdem musste ich mich oft sehr um sie bemühen, um zu einem brauchbaren Ergebnis zu kommen. Im Augenblick haderte ich noch mit mir und meinem Stoff und der Niederschrift und dann schoss mir plötzlich ein Gedanke durch den Kopf, der alles aufklärte und das Gelingen der Arbeit war nur noch eine Frage von Minuten.

Ich erinnere mich, dass ich oft missmutig die Feder aus der Hand gelegt hatte, um das Haus zu verlassen und mich zu zerstreuen. Und, dass mir just in dem Augenblick, wenn ich die Tür hinter mir ins Schloss stieß, einige Zeilen einfielen, in denen ich das richtige Leben für eine brauchbare Geschichte spürte, gleichsam den Takt und den Ton und den Inhalt und dass ich umgekehrt bin, um sie niederzuschreiben.

Die Arbeiten bringe ich nachstehend zum Abdruck. Damit endete meine literarische Produktion bis zum Kriegsende.

Und außerdem die Liebe
Ostern besuchte uns ein junger Mann. Er arbeitete am Straßenbau. Wir rechneten nicht mit seinem Kommen. Er schrieb uns, dass er wahrscheinlich die Lager- und Baustellenwache übernehmen müsste. Er wäre an der Tour und das gerade zum Fest – so ein Pech!

Er kam aber doch. Und das schon am Donnerstagabend. Braungebrannt wie ein Neger stand er in der Tür. Er sagte: Da bin ich. Er fragte: Ich störe doch nicht. Er rief: Kinder, was für ein Umstand! Ihr macht euch kein Bild!

Nachdem der junge Mann gegessen und getrunken hatte, erzählte er: Wir haben in den letzten Tagen vielleicht gearbeitet! Morgens früh raus aus der Bude und abends spät rein – an Schlaf war überhaupt nicht mehr zu denken. Du lagst kaum auf dem Strohsack, um zu schlafen, und schon hieß es wieder Aufstehen! Es wird Zeit! Die Arbeit beginnt!

Das mag der Teufel aushalten – mir taten sämtliche Knochen im Leibe weh. Na, dafür ist ja jetzt Ostern! Die Arbeitskameraden wollten auf Urlaub fahren. Jeder hatte einen wichtigen Plan vor: Vier Tage in der Stadt? Das sollte ein Leben werden! Und ich konnte der Lagerwache wegen in der Baracke liegen – auch gerade kein Vergnügen.

Und wenn du auch lieber fahren willst? Fragte mich ein Arbeitskamerad. Ich hab doch keinen Menschen in der Stadt, bei dem ich mich aufhalten kann. Ich will die Wache wohl übernehmen.

Ist das dein Ernst? Erkundigte ich mich.

Ja, es wäre sein Ernst.

Gut, sagte ich. Abgemacht. Du übernimmst meine Wache. Ich fahre auf Osterurlaub. Der Arbeitskamerad war einverstanden.

Heute arbeiteten wir bis 12.00 Uhr. Kinder, verging die Zeit langsam! Das Wetter war so schön: Nichts als Sonnenschein und Wärme. Wir ließen es uns sauer werden. Wir sagten dies und das. Wir freuten uns mächtig auf das Osterfest. Eine geheimnisvolle Stimmung packte uns: Vier Tage frei! Vier Tage nichts mehr von der Baustelle hören und sehen. Vier Tage….Es hieß immer wieder: Ist es nicht bald zwölf? Es wurde und wurde aber auch nicht zwölf Uhr.

Der Arbeitskamerad, der für mich die Lagerwache übernehmen wollte, machte ein miesepetriges Gesicht, noch schlimmer als wenn ihm die Petersilie verhagelt wäre.

Was hast du? fragte ich ihn.

Nichts, antwortete er.

Oder willst du doch lieber fahren? Fragte ich geradezu.

Ja, das wollte er wohl. Er hätte sich das überlegt. Es wäre etwas dazwischen gekommen. Und außerdem….

Fahre, sagte ich.

Meine Freude über das Osterfest war wie weggeblasen. Während alle heimreisten, konnte ich einsam und allein in der Baracke hausen- ein schönes Osterfest!

Mein Arbeitskamerad entschuldigte sich. Er hätte das auch nicht früher gewusst. Es wäre ihm unangenehm, zumal ich doch sicher meinen Stadtbesuch angemeldet hätte. . .

Erledigt, sagte ich. Kein Wort mehr. Aus. Schluss.

Es wurde Mittag. Der Schachtmeister gebot Feierabend. Die Arbeitskameraden wuschen sich. Sie zogen sich um. Ich begleitete sie zum Bahnhof. Alle waren vergnügt. Einer spielte Handharmonika; die anderen sangen. Wenn Straßenbauer auf Urlaub fahren, geht es lustig zu.

Im Dorf begegnete uns das Mädchen. Zu meinem Glück, denn wenn es uns nicht über den Weg gelaufen wäre, säße ich jetzt in einer elenden Holzbaracke. Ich könnte Trübsal blasen…

Das Mädchen bewahrte mich vor diesem Schicksal. Ganz ungewollt – es begegnete uns. Wir kannten es. Die Kameraden riefen ihm freundliche Worte zu. Der eine und der andere sagte: Komme mit! Nein danke, es wollte nicht. Es sagte: Auf dem Dorf ist es viel schöner als in der Stadt. Und außerdem . . .

Es sah den Arbeitskameraden, der für mich Lagerwache halten wollte. Es fragte Ihn: Fährst du auch?

Ja, er führe auch.

So, sagte das Mädchen und ich glaubte, du wolltest hierbleiben.

Glaubtest du das? Fragte er.

Ja, antwortete das Mädchen, nach deinen Reden . . .

Aber du lachtest doch! rief er.

Und warum nicht? Fragte das Mädchen. Es sah lieb und gut aus. Es sagte: Übermorgenabend wird das Osterfeuer abgebrannt und am ersten Feiertag ist Ball und außerdem . . .

Es lachte. Es wünschte allen eine gute Reise und drehte sich um und lief über die Straße und war verschwunden.

Auf dem Bahnhof fragte mich der Arbeitskamerad: Wenn du doch lieber fahren willst, Kollege?

Nein, antwortete ich, fahre nur!

Aber wenn er sich das doch überlegt hätte, murmelte er unsicher. Nicht wahr, ich hätte mich doch sicher in der Stadt verabredet und wenn ich nun nicht käme und überhaupt….

Und außerdem, sagte ich, ein schönes Mädchen, die Kleine, alles was Recht ist.

Der Arbeitskamerad lachte. Er übernahm die Lagerwache. Ich fuhr. Und da bin ich nun. Und außerdem….

Und außerdem? fragten wir.

Der junge Mann antwortete: Und außerdem die Liebe.

Das schadet der Liebe nichts

Zu meiner Zeit war das anders, sagte der alte Gärtner, den ich auf einem Rundgang durch den Park knipste. Er zeigte auf meine Kamera und erklärte: Die Dinger waren damals noch selten. Ein Kollege von mir wollte einen Photokasten besitzen. Das stimmte aber nicht. Er brachte mich schön in Verlegenheit.

Erzählen Sie! Bat ich den Mann.

Er erzählte: Als junger Mann war ich während einer Saison in einem Ostseebad beschäftigt. Ich lernte ein junges Mädchen kennen und gewann sie lieb. Es war in einer Küche beschäftigt. Wir trafen uns fast jeden Abend und verlebten eine glückliche Zeit. Gegen Schluss der Saison äußerte das Mädchen den Wunsch, dass sie gerne eine Photographie von mir hätte. Ich wollte natürlich auch von dem Mädchen ein Bild haben. Ein Kollege versprach mir, uns zu knipsen. Ich verabredete alles. Ja, ich spielte mich so ein klein wenig mit dem Fotoapparat auf, der mir nicht gehörte, den ich aber so gut wie zur Verfügung hatte. Äußere einen Wunsch, Mädchen und ich erfülle ihn dir!

Am Abend vor dem Fototag suchte ich den Kollegen noch einmal auf, um ihn an unsere Verabredung zu erinnern. Er sagte: Ach, so. ja… Hm richtig… Er tat sehr gleichgültig; unser wichtiges Vorhaben schien ihn wenig zu begeistern. Er wich meinen Fragen aus. Schließlich gestand er mir, dass er noch nie solch einen Kasten besessen hätte. Er zeigte mir eine leere Pappausstattung, in der einmal Kekse verpackt waren. Er fragte: Wenn du den Behälter haben willst? Er sagte: Er sieht einem Fotoetui täuschend ähnlich. Hier ist sogar ein Lederriemen – alles wunderschön. Ich habe mir immer auf diese Art geholfen.

Ich war erschlagen. Das Mädchen freute sich auf

unsere Bilder. Und ich hatte mit einem Apparat ge-
prahlt, den es überhaupt nicht gab. Nun machte ich mir
Vorwürfe, dass ich mich auf den Kollegen verlassen
hatte. Am liebsten hätte ich dem Angeber den Pappkarton um die Ohren gehauen.

Betrübt schlich ich nach Hause. Meine einzige Ret-
tung wäre ein tüchtiger Regentag gewesen. Am nächsten Tag schien aber die Sonne, dass es eine Lust und
Freude war. Mich quälte mein Versprechen, das ich
nicht halten konnte. Die Stunde, zu der ich mich mit
dem Mädchen verabredet hatte rückte näher. Es blieb
mir nichts anderes übrig, als mich mit dem imitierten
Fotoetui auf den Weg zu machen. Ich füllte es mit allerlei Kleinigkeiten, die ich zur Feier des Tages eingekauft
hatte: Eine Tafel Schokolade, eine Tüte Bonbons, etwas
Keks. Es sollte ja auch ein hübscher Ausflug werden,
vielleicht der letzte für eine lange Zeit.

Ich brachte es nicht übers Herz, dem Mädchen gleich
von Anfang an die Freude zu verderben. Es hatte sich
feingemacht. Es war lieb und heiter. Es tippte gegen den
Pappkarton und rief: Ich freue mich, dass du den Apparat mitgebracht hast! Es war so gespannt und froh: Fotografieren ist doch auch was! Und überdies sah es gut
aus, einen Kasten mit einem Lederriemen über die
Schulter zu tragen. Die Leute guckten uns achtungsvoll
an. Wir spazierten Arm in Arm über die Strandprome-
nade.

Das Mädchen wurde immer fröhlicher. Wir suchten
unsere Lieblingsplätze auf: Einsame Stellen an der See
und im Walde. Wir lachten und scherzten und waren
sehr vergnügt. Meine Sorge ließ ich mir nicht anmerken.
Das Mädchen war so lieb und nett. Wenn ich nur den
ärmlichsten Fotoapparat gehabt hätte, wäre alles gut
gewesen. Der prachtvolle Kekskarton erinnerte mich

immer wieder an meine Schuld. Wehe, wenn die Unwahrheit an den Tag kam!

So, und an dieser Stelle wünschte das Mädchen geknipst zu werden. Es stellte sich gegen einen Abhang. Es lächelte mir zu. Es sagte: Bitte recht freundlich! Es war gespannt, ob mir die Aufnahme wohl gelingen würde.

Ich hielt den Pappkarton in den Händen. Mir wurde übel. Ausreden fielen mir nicht mehr ein. Ich hatte genug geschwindelt; nun war es mit meiner Beherrschung aus. Missmutig warf ich den alten Kekskarton in die Heide. Ich setzte mich auf einen Baumstamm und ließ den Kopf hängen; mir war alles egal; ich hatte genug vom Fotografieren.

Das Mädchen fragte: Was soll das? Es war erstaunt und verwundert. Es sah mich an und sah nach dem Pappkarton. Es wusste nicht, wie es sich mein Verhalten erklären sollte. Es rief: Antworte mir doch wenigstens!

Nein, ich antwortete nicht. Ich hockte auf dem Baumstumpf und starrte ins Unglück. Das Mädchen griff nach dem Pappkarton. Es öffnete die Lederschnallen. Es schlug den Deckel zurück. Ich wagte nicht aufzusehen. Das Mädchen ließ den Pappkarton fallen und guckte mich an. Über alle Maßen hatte es sich auf das Fotografieren gefreut; nun war es bitter enttäuscht.

Ich zuckte die Schultern. Ich wollte alles erklären, mit wenigen Worten den Zusammenhang deuten: Meinen Reinfall mit dem prahlerischen Kollegen, meine Not und Schuld und alles miteinander…ich verschwieg nichts. Ich entschuldigte mich.

Nein, das Mädchen bedankte sich schön. Es bedankte sich überhaupt. Es rief: Das ist ja unerhört! Es sagte: Ich will nichts mehr mit dir zu tun haben. Nicht eine Sekunde länger. Ich gehe.

Weil ich keinen Fotoapparat besitze? Fragte ich.

Das Mädchen blieb stehen. Es sah vor sich hin und schüttelte den Kopf und antwortete: Nein, aber du hättest mir die Wahrheit sagen können.

Und deine Freude? Fragte ich. Warst du nicht von Herzen fröhlich?

Ja. Das war ich.

Pause.

Wir standen uns dicht gegenüber. Ich sagte: Ich konnte dich doch nicht betrüben. Die Unwahrheit fiel mir schwer genug. Es ist schade, dass ich nicht reich genug bin, um mir solch einen teuren Apparat zu kaufen. Aber es gibt Herren genug, die . . .

Das Mädchen legte seine Hand auf meinen Mund. Es sagte: Nun ist es aber genug! Es rief: Erst der Schwindel mit dem Fotokasten! Und nun auch noch deine Reden! Was zu viel ist, ist zu viel!

Es griff nach dem Pappkarton und packte die Herrlichkeiten aus, die er enthielt. Es ordnete alles fein säuberlich auf einem Baumstamm an und forderte mich auf, Platz zu nehmen. Es sagte: Wenn es dem Herrn beliebt – bitte schön!

Das gefiel mir. Ich zögerte einen Augenblick, dann setzte ich mich neben das Mädchen in die Heide. Ich vergaß, dass ich ein armer Gärtnergeselle war, der sich keinen Fotoapparat leisten konnte. Unserer Liebe schadete das auch nichts. Wir waren sehr glücklich.

Der alte Gärtner schwieg.

Ich sagte: es wäre aber doch sehr schön, wenn Sie heute noch ein Erinnerungsbild an jene Zeit hätten.

Das ist nicht nötig, antwortete der Mann. Das junge Mädchen wurde meine Frau. Wir fotografierten uns oft . . .

Sie fotografieren? Fragte ich interessiert.

Ja, antwortete er, mit Leib und Seele.

Abschied von Angelika

Nein, das Mädchen schrieb nicht wieder, beantwortete Gerd meine Frage nach Angelika, die vor einiger Zeit in ihre Heimat zurückgereist war. Ich wusste, dass mein Freund das Mädchen verehrte. Nun guckte er angestrengt ins Leere. Während er erklärte: Das war vorauszusehen. Im Augenblick als der Zug aus der Halle fuhr, wusste ich das. Er fragte: Hast du Ole, den Norweger gekannt?

Ich verneinte.

Mein Freund erzählte: Der junge Mann begegnete mir auf dem Gartenfest an dem Abend, als ich auch Angelika kennenlernte. Der Norweger sprach nur gebrochen Deutsch; wir verständigten uns auf Englisch. Die Damen vergötterten den Ausländer. Es hieß: Ole; hier! Und Ole da! Na, und Ole lächelte angenehm; er war nett und aufmerksam; er vertrat sein Land auf eine gute Art und Weise. Er umwarb auch Angelika, in die ich mich verliebte. Ich rechnete aber nicht mit ihm. Er sagte mir, dass er in vier Wochen nach Norwegen zurückkehre. Das beruhigte mich.

Ich sah Angelika und dachte: Was für eine Frau! Ein Gedicht! Klassisch! Bewegungen: Mädchenhaft einfach und doch hoheitsvoll. Eine Stimme! Sag ich dir. Ihre Augen waren ernst und besorgt und lieb. Das Mädchen gefiel mir. Wir tanzten. Wir unterhielten uns.

Zu meinem Schrecken hörte ich, dass Angelika abreisen wollte, schon in den nächsten Tagen und dass das Gartenfest zugleich das Abschiedsfest wäre. Ich gestand, dass ich mich schon insgeheim gefreut hatte, das Mädchen noch recht oft wiederzusehen und fragte: Und nun? Ich bemerkte behutsam: Fällt Ihnen denn der Abschied von unserer Stadt schwer?

Das Mädchen nickte. Es erzählte, dass es sich mit seinen Freundinnen gut verstanden hätte. Sie wären zusammen ausgegangen, ins Theater zum Beispiel. Es erinnerte sich an kleine, anmutige Erlebnisse und bedauerte die Abreise.

Ihr Freund auch? Fragte ich verhalten.

Das Mädchen schüttelte den Kopf: Nein, es hätte keinen Freund.

Ich fragte: Und Ole?

Ole? Fragte Angelika. Sie sah mich ernst und groß an. Sie antwortete lächelnd: Ole ist ein feiner Kerl, aber sonst... ich bat um ein Wiedersehen. Das ginge wohl nicht, sie führe bereits übermorgen. Dann begleite ich Sie zum Bahnhof.

Gern, alle Gäste gingen mit zum Bahnhof – wenn ich auch kommen wollte? Und ob: Wir verabredeten, dass mir Angelika die Abfahrtszeit des Zuges mitteilte. Ganz bestimmt! Warum auch nicht?

Ich war glücklich. Das Gartenfest, die Nähe des Mädchens, unser Tanz und unser Gespräch beseelten mich seltsam froh. Die schönen Stunden vergingen schnell. Der Morgen graute. Die Gäste verabschiedeten sich. Ich reichte Angelika die Hand. Ich bangte um einen lieben Blick – und erhielt ihn auch. Ich war dem Mädchen nicht gleichgültig; das fühlte ich.

Es schrieb mir die Abfahrtsstunde. Ich erhielt eine einfache Postkarte mit der Uhrzeit und einen schönen Gruß in den Händen. Die wenigen Worte versetzten mich in Rausch und Wonne.

Auf dem Bahnhof sah ich das Mädchen wieder. Es lehnte aus dem Wagen eines D-Zug-Abteiles und verabschiedete sich von seinen Freundinnen und Bekannten.

Ich hielt die kleine, liebe Frauenhand fest. Sie entzog sich mir nicht. Ich versprach zu schreiben und bat um ein Lebenszeichen, um eine Antwort. Angelika nickte. Beglückt trat ich in den Kreis der Abschiednehmenden zurück; jeder sagte der Scheidenden ein paar gute Worte. Wir lachten und scherzten und strengten uns an, heiter zu sein.

Der Zug bewegte sich. Das Mädchen lehnte im Fenster des Wagens, der langsam schneller, unaufhaltsam aus der Halle glitt. Angelika winkte. Ich starrte gespannt nach dem lieben Gesicht, das tapfer lächelte. Mein Gefühl wurde übergroß. Meine Brust dehnte sich zu dem Jubelruf: Angelika! Ich lief dem Zug einige Schritte nach und rief dieses Wort in den tosenden Lärm. Es verlor sich, dem roten Schlusslicht gleich, das in die Dunkelheit untertauchte.

Erregt schaute ich mich um. Auch wohl etwas verlegen: ich hatte mich überlaut benommen! Neben mir stand Ole, der Norweger. Er lächelte. Sein Blick gefiel mir nicht. Er bewegte sich so überlegen und Sicher. Ich bemerkte, dass er das kleine, runde Sportvereinsabzeichen seiner Heimatstadt nicht trug und erinnerte mich, dass ich es an Angelikas Mantelaufschlag gesehen hatte. Ein Verdacht packte mich, an den ich nicht glauben wollte. Mein Empfinden duldete das nicht – mein Empfinden für Angelika.

Ole und ich verließen den Bahnsteig. Ich sagte, dass er ja nun auch bald abführe. Das bestätigte er. Nach Norwegen? Erkundigte ich mich. Unsere Blicke begegneten sich. Ole antwortete: Nein, zuerst hätte er noch eine andere Reise vor. Er lächelte. Ich wagte nicht zu fragen, welche. Er erklärte sich auch nicht näher. Vier Wochen später verließ er unsere Stadt.

Mein Freund schwieg. Er griff nach seiner Tabakpfeife und bot mir eine Zigarette an. Ich fragte: Weißt du denn bestimmt, dass dieser Norweger und Angelika . . .? Gerd ließ sein Feuerzeug aufflammen. Beiläufig reichte er mir eine Zeitungsnotiz. Ich las, dass das Mädchen sich mit dem Norweger verheiratet hatte. Wir brannten unseren Tabak an und rauchten.

Das Mädchen mit dem Schleierhut

Das Telefon klingelte. Ich ging an den Apparat. Ein Freund lud mich zu einer Geselligkeit ein: Mache mit! Es wird fein werden. Kommst du?

Ich zögerte mit meiner Zusage. Seit Wochen steckte ich in einer Schreibarbeit, die mich fesselte. Über die Menschen und Dinge der Dichtung vergaß ich das Essen und Trinken. Mein Leben verlief zwischen den vier Wänden meiner Stube. Und nun diese Einladung?

Kommst du? Riss mich die Stimme am anderen Ende der Telefonstrippe aus meinem Nachdenken. Mein Freund nannte einige Damen und Herren, die an dem Abend teilnehmen würden. Außerdem wäre noch jemand anwesend, der sich freute, mich wiederzusehen. Wer? Das wird nicht verraten. Komme!

Ein „Er" oder eine „Sie"?

Eine „Sie". Ich sagte zu.

Es gereute mich nicht, dass ich die Einladung annahm. Ich sah Almissima wieder. Wir hatten uns längere Zeit nicht gesehen. Ich freue mich herzlich, dass ich das Mädchen traf. Es ist groß und schön. Es hat dunkelbraune Augen. Ich lernte es auf einem Budenfest kennen. Wir verlebten schöne Stunden. Später wollten wir uns wiedersehen; das versäumte ich.

Almissima blickte mich aufmerksam an. Sie trug einen Schleierhut, ganz hübsch, mit dunklen Punkten verziert, deren Schatten auf dem ebenmäßig klaren Gesicht neckisch spielten. Ich sagte: Ich habe oft an dich gedacht, Almissima. Ich beschäftige mich mit einer Arbeit . . .

Achselzuckend brach ich meine Entschuldigungsrede ab. Die vergangenen Wochen erschienen mir in diesem Augenblick unwirklich und nutzlos vertan. Ich schaute zurück und wunderte mich über die lange Zeit, die ich lesend und schreibend verbracht hatte. Das Leben ist schöner. Die Nähe des Mädchens beglückte mich.

Eine Arbeit? Fragte Almissima.

Ja, antwortete ich, eine Erzählung, weiter nicht wichtig. Die Gegenwart ist wichtiger, und Du, Mädchen . . .

Wie heißt die Dichtung? Fragte Almissima.

Das wusste ich noch nicht. Ich sann über den Namen nach und sah unverwandt das Mädchen an. Ich entdeckte Feinheiten und Wunder in dem lieben Gesicht. Der hauchdünne Schleier vergrößerte die frauenhafte Anmut, die mich begeisterte. Das Gespräch unserer Gesellschaft plätscherte an meinem Ohr vorbei. Die Umgebung verflüchtete sich für mich zu wesenlosen Schemen. Ich sah nur Almissima.

Mit einem kleinen Erschrecken kam ich wieder zum mir: Die Gesellschaft belustigte sich über uns. Man verdächtigte uns. Man behauptete, dass wir ineinander verliebt wären. Man lachte und scherzte über unsere Verlegenheit. Man nahm keine Rücksicht und verlangte, dass wir unsere Geheimnisse offenbarten. Das verstimmte mich. Ich sah Almissima an und bemerkte, dass ihr das Gerede nicht recht war. Sie tat erstaunt und fragte: Wir? Sie wurde noch erstaunter, schüttelte den Kopf und erklärte: Kommt nicht in Frage!

Zwangsläufig schüttelte ich nun auch meinerseits

den Kopf: Bewahre, wie könnt ihr das denken!
Die Gesellschaft unterhielt sich prächtig. Sie gab
nicht nach und trieb uns in die Enge: Sagt die Wahrheit!
Wir wollen alles wissen.
Was ich Euch gesagt habe! Versicherte Almissima
bestimmt. Ich denke gar nicht daran. Nie im Leben.
Nein.
Sie sah mich geringschätzig an. Das schmerzte mich.
Ich wünschte die Gesellschaft zum Kuckuck. Es blieb
mir nichts anders übrig, als dem Mädchen zu versichern, dass ich mich auch meinerseits vielmals bedankte. Um meine Abneigung zu beweisen, heuchelte ich
frech: Überhaupt mag ich Mädchen mit einem Schleierhut nicht leiden.
Aus. Kein Wort mehr, kein Liebäugeln, keine Fröhlichkeit und kein Glück. Es tat mir leid, dass ich an dieser Gesellschaft teilnahm; ich sehnte mich nach meiner
stillen Arbeitsstube. Der Höflichkeit halber beteiligte ich
mich an dem allgemeinen Gespräch. Almissima und ich
beachteten uns nicht. Als ich es für schicklich hielt, wollte ich nach Haus. Eine dringende Arbeit wartet, sagte
ich. Vielen Dank für den schönen Abend.
Die Gesellschaft brach auch auf. Wir verließen gemeinsam das Lokal und verabschiedeten uns an der
nächsten Straßenecke. Ich gab Almissima die Hand. Sie
hatte den Schleier zurückgeschlagen und blickte mich
groß und ernst an. Ich sagte; Wenn du gestattest begleite ich dich.
Und deine Arbeit? Fragte sie. Ich winkte ab: Die hat
Zeit.
Wie heißt die Dichtung? Fragte sie. Wie die Geschichte heißt? Fragte ich, während wir Arm in Arm
über die Straße gingen, in einem Schritt, einig und froh:
Ein Glück, dass wir unsere Gesellschaft los sind!

Ja, wie? Fragte Almissima.
Das Mädchen mit dem Schleierhut, antwortete ich.

Die Sache mit dem Schauspieler
Wir waren damals beide noch jung, mein Freund
und ich und voller Idealismus und Stolz. Wenn man
älter wird, lächelt man wohl darüber, aber um die Jahre
zwanzig sitzt einem der Ernst näher als der Scherz. Von
diesem Zwiespalt möchte ich ein kleines Stückchen erzählen:
Eines Tages besuchte ich den Freund. Höre mal, fragte ich ihn, wie geht es Elfriede? Bist du noch mit ihr befreundet?
Nein, er schüttelte den Kopf: Das ist aus. Ganz aus.
Seit unserem Besuch im Kaffeehaus.
Vielleicht habe ich mich auch nicht richtig benommen?
Da war ein Betrunkener, weißt du? Und eigentlich war
das auch kein Betrunkener. Aber er hat doch die Schuld
– Elfriede ist für mich verloren.
Ihr habt ein Kaffeehaus besucht?
Ja, es war das erste Mal, dass wir zusammen ausgin-
gen. Und dann gleich in ein Kaffeehaus. Du kennst doch
die „Blaue Grotte"? Aparte Räume, Nischen und Musik.
Wir fanden gute Plätze. Neben mir saß das schöne
Mädchen. Ich war glücklich.
Die Gäste des Kaffees tranken Kaffee und aßen Ku-
chen und kicherten und flirteten, wie das an solch einer
Stelle üblich ist. Man nahm keine sonderliche Notiz
voneinander; jeder kümmerte sich nur um seine Beglei-
tung. Nur ein älterer, jovialer Herr, der an unserem
Nachbartisch saß, führte ein lautes Wort. Er blinzelte
den Mädchen zu und belustigte sich über die jungen
Kavaliere. Seine Anwesenheit störte mich. Er war betrunken. Freimütig äußerte ich meinen Unwillen über

seinen Zustand und sein Verhalten.

Elfriede redete mir zu, friedlich zu bleiben. Sie streichelte meine Hände und guckte mich an – klar, dass ich nichts gegen den Krakeler unternahm. Im Gegenteil, als er sich endlich erhob, um das Lokal zu verlassen, half ich ihm in den Mantel.

Das war gar nicht so einfach: Der Mensch hatte reichlich viel Alkohol geladen. Er sackte immer wieder in die Knie. Ich strengte mich mächtig an, um ihn auf den Beinen zu halten. Das Publikum verfolgte die Szene aufmerksam und still. Und auch Elfriede lächelte verlegen. Mir war nicht ganz geheuer zumute. Unter Aufbietung aller Kräfte gelang es mir, den dicken Herrn in den Mantel zu stecken.

Doch jetzt geschah das Unerwartete, das mir meine Sicherheit nahm und im Grunde auch Elfriedes Gunst: Der Betrunkene richtete sich plötzlich auf. Er verbeugte sich nach allen Seiten, dankte mit übertriebener Höflichkeit und schritt, nüchtern wie ein Fisch, dem Ausgang zu. Das Publikum brüllte Beifall. Ich verwünschte mich und mein Missgeschick auf den Mond.

Still und geduckt saß ich auf meinem Platz, ein Häufchen Unglück, dem man arg mitgespielt hatte. Für meine Hilfsbereitschaft war ich bis über beide Ohren blamiert. Und noch dazu vor Elfriede, die ich wirklich gern hatte. Sie tat zwar wie nichts und lächelte mir aufmunternd zu: Allein in ihrem Blick spiegelte sich der Schalk und der Spott wider; überdies fand sie den Schauspieler fabelhaft. Nein, ich widersprach nicht. Wir verließen das Lokal und trennten uns; alles war aus.

Du hast Elfriede nicht wiedergesehen? Fragte ich den Freund.

Nein, antwortete er. Das wäre mir auch nicht möglich gewesen. Nach dem Vorfall nicht mehr. Und wie ich hörte, schwärmt sie immer noch für den Schauspieler. Wir schwiegen finster. Wir waren damals noch jung und voller Stolz und Ideale.

Diese kleine Geschichte erlebte ich vor vielen Jahren in Ostpreußen. Und da es mir heute manchmal scheint, als wenn ihr ein Körnchen Wahrheit innewohnt, schreibe ich sie auf.

Zu jener Zeit gehörte ich als junger Mann einer Arbeitsgruppe an, die gemeinsam in einem Gasthaus zu Mittag aß. An unserem Tisch ging es immer laut und lebhaft zu. Und der Wirt, ein älterer Herr, der persönlich um unser Wohl besorgt war, beteiligte sich oft an dem Gespräch.

Eines Tages unterhielten wir uns über die Liebe. Am Abend zuvor hatten wir einen Film gesehen, der dieses Thema behandelte, ganz groß behandelte in einer Weise, die uns begeisterte – zwei glückliche Menschen fanden den Weg zueinander! – und auch uns hing der Himmel voller Geigen.

Das ist doch alles Unsinn der, unterbrach Wirt uns. Was Sie sich unter Liebe vorstellen, gibt es überhaupt nicht; das ist ein Selbstbetrug, bestenfalls ein Irrtum; und was kann dabei schon herauskommen?

Wir protestierten. Wir waren jung und steckten voller Ideale und wollten sie uns nicht zerstören lassen, auch nicht von diesem guten, alten Herrn, dessen Wort für uns sonst immer sehr gewichtig war. Er besaß einen tüchtigen Haufen Erfahrungen und sein Rat hatte es in sich. Aber nein, in der Liebe konnte er uns doch wohl nichts erzählen!

Hören Sie zu! sagte er. Ich war genauso jung wie Sie, als man mir dieses Gasthaus, bei dessen Besitzer ich bedienstet war, und der sich zur Ruhe setzen wollte, zur Pacht anbot. Die Bedingungen galten als günstig. Etwas Geld hatte ich mir auch gespart. Was mir aber fehlte, war die Frau. Ohne sie kann ein Wirt nicht zurechtkommen. Und deshalb drohte das Vorhaben zu scheitern.

Warum heiraten Sie nicht? Fragte mich der Chef. Es gibt doch brave und tüchtige Mädchen genug. Und als ich die Schultern zuckte, nannte er mir die Adresse zweier Schwestern, die ich aufsuchen sollte, um mich an Ort und Stelle zu überzeugen und für eine zu entscheiden, denn die Zeit drängte.

Nein, dieser Vorschlag gefiel mir nicht. Er schreckte mich geradezu; ich lehnte ihn ab. In meinem Kopf steckten wohl die gleichen Vorstellungen, wie Sie sie vorhin äußerten. Für alle Lebensdinge hatte ich ein gutes Verständnis; der Liebe jedoch hing ich ein besonderes Mäntelchen um. Und nun sollte ich diese Frage genauso lösen wie jede andere? Das traute ich mir nicht zu.

Sehen Sie, triumphierten wir. Die Liebe ist ein Geschenk, ein….

Unsinn, entgegnete der Mann. Die Liebe…. Doch lassen Sie mich erzählen: Ich suchte die Schwestern auf. Sie arbeiteten auf einem Feldstück. Abseits am Wege stehend, beobachtete ich sie – es waren rechtschaffene, ordentliche Frauenzimmer, die gewandt hantierten -, und dann stellte ich mich ihnen vor, wer ich wäre, und was ich wollte. Nachdem wir alles besprochen hatten, hielt ich kurzerhand um die Jüngste an. Und das Mädchen zierte sich nicht, sondern bat um eine Bedenkzeit; am Abend sollte ich mir die Antwort abholen.

Und sie haben sie geheiratet? Fragten wir aufgeregt, gar zu unglaublich dünkte uns diese Brautwerbung! Warum nicht? Fragte der Wirt. Sie sagte ja und wurde meine Frau. Wir übernahmen dieses Gasthaus, das wir später käuflich erwarben. Kinder wurden uns geboren und sind aufgewachsen. Wir sind überhaupt gut miteinander ausgekommen. Denn, Liebe, meine Herren, ist das Ergebnis von Arbeit und Dienst. Und alles andere…

Der Mann winkte ab.

Wir schwiegen, obgleich wir seinen Worten innerlich nicht zustimmten – gar zu real deuchten sie uns zu sein! – allein, die liebe Frau Wirtin betrat gerade die Gaststube, um nach dem Rechten zu sehen, und der Blick ihres Mannes begegnete dem ihren so, dass wir uns emsig über unsere Teller beugten.

Die Suppe schmeckte aber auch wirklich wieder einmal ganz vorzüglich.

Man wird sich vielleicht wundern, dass die Nazis es mir gestatteten zu schreiben. Ich war Mitarbeiter angesehener Zeitschriften und Zeitungen. Ich war nicht zu Kreuze gekrochen und hatte mich auch nicht korrumpieren lassen. Wäre es deshalb verwunderlich gewesen, wenn man mir das Schriftstellerhandwerk verboten hätte?

Nun, man hat es mir nicht verboten; man hat es mir aber auch nicht erlaubt. Von einer Zugehörigkeit zur Reichsschriftumskammer wurde ich freigestellt, wie man mir eines Tages, fein säuberlich mit einer Nummer versehen, mitteilte. Diese Nummer verwandte ich, wenn Redakteure, wozu sie verpflichtet waren, mich nach meiner Zugehörigkeit zur Kammer fragten. Die meisten Schriftleiter kümmerten sich aber wohl nicht darum, und auch ich ließ mich in meiner Produktion und meinen Bestrebungen, sie zu verkaufen, nicht davon beeinflussen.

Ich fasste die Schriftstellerei als eine Art Berufung auf, in der keiner hineinzureden hatte. Zu der man mich weder bestimmen, noch sie unterdrücken konnte. Ich stand zwischen dem Anfang und dem Ende, nur der Zeit verantwortlich. Jedes Wort, jede Zeile gehörte mir. Und nun sollte es einer wagen und mir im Wege stehen. Als ich die letzten Kurzgeschichten niederschrieb, schien es mir fast so, als wenn ich mit der Geschichte „Der alte Weidepfahl" ein wenig in die Blut- und Bodenmystik geraten wäre. Und in der Geschichte: „Und außerdem die Liebe" sprach ich konstant von Arbeitskameraden. In der persönlichen Rede verwandte ich allerdings das Wort: Kollege.

Das Wort „Arbeitskamerad" gehörte zur faschistischen Terminologie und ließ sich wohl kaum vermeiden. Dass ich aber der Blut- und Bodenmystik nachgeeifert hätte, bestreite ich. Was ich damals erzählt habe, war gesund empfunden (oder erfunden) und ist auch heute noch gültig. Ich werde im Verlauf dieser Niederschrift auf die Beurteilung meiner Arbeiten noch zurückkommen.

Als Vertreter der Reichsschriftumskammer fungierte in unserem Bezirk August Hinrichs. Er hatte den jungen Schriftstellern in seinem Bereich stets die Hand unter den Hintern gehalten und insbesondere mich ermuntert, mich durch nichts beeinflussen zu lassen. Wenn Sie

Nachwort

Leider endet das Manuskript mitten im Satz. Die Fortsetzung ist unauffindbar. Das tut mir leid. Aber da es mir wichtig ist, die Ausführungen meines Vaters originalgetreu abdrucken zu lassen, habe ich mich entschlossen, es dabei zu belassen und eigene Ergänzungen anzufügen.

Wie bereits im Vorwort erwähnt, blieb das Schreiben die Leidenschaft meines Vaters. Seinen Lebensunterhalt hat er mit der Schriftstellerei aber auch später nicht bestreiten können, zumal zu seiner Zeit offensichtlich kein Verlag Interesse an seiner kritischen Auseinandersetzung mit der Nazidiktatur hatte.

Als Rentner hat er sich wieder verstärkt mit der Schriftstellerei befasst. Er schloss sich dem Bremer „Werkkreis Literatur der Arbeitswelt" an und veröffentlichte in diesem Schriftstellerverband einige seiner Werke. (Aus der nicht ganz freien Hansestadt, Bremer schreiben für Bremer.) Im Rahmen der Veranstaltungen „Der rote Großvater erzählt" hat er mit jungen Leuten in Jugendzentren diskutiert. Ich erinnere mich, dass er davon begeistert erzählt hat.

In dieser Zeit, in der er auch die „Roten Kulissen" zu Papier gebracht hat, ist es ihm zudem gelungen, einen Verlag für sein Werk „Ein Dach überm Kopf" zu finden. Im Verlag Atelier im Bauernhaus in Fischerhude erschien dieses Büchlein im Herbst 1978 kurz vor seinem Tod. Willem von Hörsten thematisiert darin in Romanform die einzigartige Situation der Bremer Kaisenhausbewohner, ihre Sorgen und Nöte und ihren vehementen politischen Widerstand zur Erhaltung ihrer selbst geschaffenen Unterkünfte.
Ich werde auf das unermüdliche Engagement meines Vaters in diesem Widerstand näher eingehen, um damit

auch diese Erinnerung an ihn wachzuhalten.

Meine Eltern gehörten zu den sogenannten **Kaisen-hausbewohnern.** Eine Bezeichnung, die auf den ersten Bremer Nachkriegsbürgermeister Wilhelm Kaisen zurückzuführen ist, dem mein Vater sein Büchlein übrigens gewidmet hat. **Wilhelm Kaisen erließ 1945 einen Erlass, der in Bremer Kleingärten eine dauerhafte Wohnraumnutzung erlaubte.** Zehntausende Bremer halfen sich im ausgebombten Bremen selber, indem sie Gartenlauben winterfest machten und Bremens Kleingärten besiedelten. (vgl. ausführliche wissenschaftliche Dokumentation von Kirsten Tiedemann: „ Mehr als ein Dach über dem Kopf" Bremens Kaiserhäuser, Bremer Zentrum für Baukultur 2012 Bd. 16)

Auch Hildegard und Wilhelm von Hörsten, die im 2. Weltkrieg geheiratet hatten, brauchten eine Wohnung, nachdem meine Schwester Sabine kurz nach Kriegsende zur Welt gekommen war. Sie folgten dem Aufruf von Wilhelm Kaisen, kauften sich ein Stück Land in der Waller Feldmark und bauten in mühevoller Selbsthilfe ein solides Einfamilienhaus. Hier eröffneten sie 1950, ein Jahr vor meiner Geburt, ein Einzelhandelsgeschäft, das sie 25 Jahre lang erfolgreich führten. Im Angebot hatten sie fast alles, was die damals zahlreichen Parzellenbewohner benötigten. Meine Schwester Sabine und ich verlebten hier am Stadtrand von Bremen eine wunderbare Kindheit inmitten der Natur.

Und wir erlebten einen Vater, der unermüdlich politisch aktiv war. Es gab auch viel zu tun! **Der Kaisenerlass wurde bereits 1949 zurückgenommen.** Als es wieder genügend Wohnraum in Bremen gab und die Neubaugebiete Mieter brauchten, verfolgte die Stadt Bremen mit Nachdruck das Ziel, die Wohnraum-nutzung in Parzellengebieten wieder zu verbieten. Viele Bremer aber waren inzwischen in ihren Kleingärten heimisch geworden, hatten weiteren Wohnraum nach und nach angebaut. Sie liebten ihr individuelles Zuhause im Grünen, bauten Obst und Gemüse an und wollten nicht weichen. Doch offizielle Baugenehmigungen gab es dafür selbstverständlich nicht.

Die Stadt Bremen erließ **Räumungsklagen** zunächst vor allem für diejenigen, die sich auf gepachtetem Land eine Gartenlaube ausgebaut hatten. Kaisenhausbewohnern drohte der Abriss ihres selbst geschaffenen Wohnraumes. Wilhelm von Hörsten setzte seine ganze Kraft daran, das mit zu verhindern. Er hielt unzählige Versammlungen ab und machte den Parzellenbewohnern immer wieder Mut, sich für ein Auswohnrecht einzusetzen. Auf seine Initiative hin kam es zur Gründung einer Bürgerinitiative zur Unterstützung der Kaisenhausbewohner, die ihr selbst erschaffenes Dach über dem Kopf wieder verlassen sollten. Diese „Interessengemeinschaft der Parzellenbewohner e.V.", die bis heute existiert, setzte sich im Bündnis mit namhaften Bremer Rechtsanwälten zur Wehr. **Es konnte erreicht werden, dass die Bremer Behörden das Wohnen auf der Parzelle immer wieder weiter duldeten.**

Unsere Wohnküche wurde oft zu einem Ort der Beratung und Vorbereitung von rechtlichen Schritten. Auf unseren Vater war Verlass! Seine Entschiedenheit und Tatkraft war gefragt. Er stellte sein Wissen denen, die seine Hilfe brauchten zur Verfügung - von der Sache fest überzeugt. Nachts saß er dann stundenlang an seiner Schreibmaschine, um die Anliegen der Parzellenbewohner zu verschriftlichen.

Außerdem brachte er von 1949 bis zu seinem Tod mit unermüdlichem Einsatz und in Eigenregie die **Werbe- und Mitteilungsschrift „ Unser Blatt"**, auch bekannt als Blocklandanzeiger, heraus. Darin informierte er die Parzellen-bewohner vierteljährlich über wichtige Neuigkeiten, nächste Planungsschritte und motivierte sie zur Solidarität. Mit viel Ausdauer gelang es ihm über 30 Jahre lang, Geschäftsinhaber aus Bremen-Findorff zum Inserieren von Werbeanzeigen zu gewinnen. Beschwert hat er sich über diese viele zusätzliche Arbeit nie. Wir Kinder übrigens schon, wenn wir mal wieder beim Falten und Verteilen der Zeitung mithelfen mussten. Aber unser Vater zahlte uns gerechten Stundenlohn und diese Aufbesserung unseres Taschengeldes war uns selbstverständlich willkommen.

Den großen Erfolg 1974, als ein **Auswohnrecht für all jene Kaisenhausbewohner** ausgesprochen wurde, die sich vor 1955 angesiedelt hatten, erlebte unser Vater zum Glück noch mit und war darüber sehr erleichtert. Nun war so manche Räumungsklage gegenstandlos geworden. Die betroffenen Anlieger konnten in dem Bewusstsein leben, so lange in ihren Häusern in den Bremer Kleingartengebieten bleiben zu können, wie sie es selbst wollten bzw. bis zu ihrem Ableben.

Aus den politischen Aktivitäten unseres Vaters hat unsere **Mutter** sich weitgehend rausgehalten und seine politische Willenskraft nicht in gleichem Maße geteilt. Sein Engagement war ja auch sehr zeitintensiv und so musste sich seine Frau oft alleine um Geschäft, Haus, Garten und uns Kinder kümmern. Das war nicht immer nur ein Grund zur Freude.

Gemeinsam verband beide der Stolz auf das Erreichte, ein Haus im Grünen auf eigenem Grund und Boden zu haben, uns Kindern hier ein Spielparadies bieten zu können, als Ladeninhaber anerkannt zu sein und ein gesichertes Einkommen zu haben. Unser Geschäft mit seinem breiten Angebot war gemeinsam mit einem benachbarten Schlachter, zwei Lebensmittelgeschäften, einer Drogerie und einer Bäckerei ein wichtiger infrastruktureller Mittelpunkt im Waller Blockland.

Nach dem Tod unseres Vaters im Dezember 1978 blieb unsere Mutter voller Überzeugung in unserem Haus in der Passauer Straße wohnen, bis es ihr aus Krankheitsgründen zu beschwerlich wurde, unsere Kokszentralheizung zu bedienen. Sie bezog eine Neubauwohnung in der Nähe und bewirtschaftete von hier aus noch mehrere Jahre leidenschaftlich gern unser Gartenland weiter. Die Interessengemeinschaft der Parzellenbewohner e.V. unterstütze sie weiterhin und übernahm zeitweise auch den Posten der Schriftführerin.

Arbeit gab es weiterhin genug für diesen Zusammenschluss der Parzellenbewohner. Verzichteten Kaisenhausbewohner z.b. aus eigenem Entschluss auf ihr Auswohnrecht und meldeten sich polizeilich um, galt es zu klären, ob und wie die Parzelle als Gartenland weiter genutzt werden konnte oder wer die Kosten für einen Abriss tragen sollte.

Nach dem Tod unserer Mutter im Jahre 1998 wurde auch **unser Elternhaus abgerissen**. Meine Schwester und ich hatten unseren Lebensmittelpunkt mit unseren Familien nicht mehr in Bremen. Schweren Herzens verzichteten wir auf unser Auswohnrecht und mussten Abschied nehmen von unserem Zuhause.

Mein Interesse an der besonderen Situation der Kaisenhausbewohner ist immer geblieben. Mit einigem Erstaunen erfasste ich, dass sich Ende der 90-iger Jahre in Bremen ein **neues kulturelles und sozialgeschichtliches Interesse an der Kaisenhausbewegung entwickelte.**

Die **Kulturwerkstatt Westend** dokumentierte in dem Film „**Mit List und Spaten**" das idyllische Leben im Grünen, die individuellen, aus der Not geborenen Baustile und auch den intensiven und erfolgreichen Kampf der Kaisenhausbewohner zum Erhalt ihres Wohnrechtes. Der bereits erwähnte Parzellenbewohnerroman unseres Vaters **Wilhelm von Hörsten „Ein Dach überm Kopf" war die Grundlage für diesen Film.**

Bei der Premiere des Filmes im Kino 66 in Bremen waren meine Schwester Sabine, die eigens aus Kassel angereist kam und ich zugegen. Wir fühlten uns in unsere Kindheit zurückversetzt und dachten gerne an unsere durchaus zum Teil provisorische (Fließendes Wasser bekamen wir z.b. erst Anfang der 60-iger Jahre) und doch so von Freiheit geprägte Wohnsituation zurück. Einig waren wir uns, dass sich unser Vater unbändig über diese gut gelungene Filmdokumentation gefreut und gerne als Zeitzeuge aktiv mitgewirkt hätte.

Weitere zehn Jahre später nahm die Historikerin Kirsten **Tiedemann** im Rahmen der Recherche für ihre wissenschaftliche Dokumentation über die Kaisenhausbewohner Kontakt zu mir auf. (vgl. Kirsten Tiedemann a.a.O.) Sie war auf Wilhelm von Hörsten aufmerksam und in einem Interview konnte ich ihr über sein Wirken berichten und ihr Unterlagen aus dem umfangreichen Nachlass meines Vaters zur Verfügung stellen. Mit Kirsten Tiedemann lernte ich das in der Entstehung befindliche **Kaisenhausmuseum** kennen. Der Verein Bremer Kaisenhäuser wurde 2007 gegründet, und hat im Behrensweg in Utbremen ein ehemaliges Kaisenhaus erworben. Eine kleine und doch zugleich umfangreiche und sehenswerte Ausstellung zur Geschichte der Kaisenhäuser ist in diesem Haus entstanden. Hier befindet sich auch das Originalschreiben von Wilhelm Kaisen, indem er sich bei unserem Vater für den ihm gewidmeten Parzellenbewohner Roman bedankt.

Die Historikern Kirsten Tiedemann hat für ihre 2012 veröffentlichte **Dokumentation über die Kaisenhäuser den Anerkennungspreis der Wittheit zu Bremen bekommen.** Sie hat eine äußerst fundierte und gründliche Aufarbeitung der Kaisenhausbewegung geleistet, die zurecht in Bremen zur öffentlichen Bekennung zu diesem Teil der Stadtgeschichte geführt hat. Zu Lebzeiten Wilhelm von Hörstens waren die Kaisenhausbewohner in erster Linie unbequeme Widerständler für die Stadt Bremen und jetzt sprach Bürgermeister Jens Börnsen davon, er wünsche sich, dass sich vor allem die jüngere Generation vom Lebensmut und Bürgersinn der Kaisenhausbewohner anstecken lasse(vgl. Vorwort in Kirsten Tiedemann:" Mehr als ein Dach über dem Kopf" Bremer Kaisenhäuser Bremer Zentrum für Baukultur Bd.)

Inzwischen wird die **Kaisenhausbewegung bundesweit als Bremer Modell** betrachtet und gewürdigt. Sogar im Rahmen einer internationalen Ausstellung der Kuratorin Elke Krasny „Hands on Urbanismen" Vom Recht auf Grün erhielt die Bremer Kaisenhausbewegung einen festen Platz. Es wurden 19 Beispiele aus Europa, Asien und Nordamerika gezeigt, in denen entschlossene Stadtbewohner in Krisenzeiten eigene Wohnungslösungen entwickelten und eben auch die Bremer Kaisenhausbewegung.

Ich habe diese **Ausstellung** in den Osterfeien 2012 gemeinsam mit meinem Ehemann im **Architekturzentrum in Wien** besucht und war fasziniert von allen vorgestellten Projekten. Am längsten verweilten wir selbstverständlich vor dem Ausstellungsteil der Bremer Kaisenhäuser und erfreuten uns an der professionellen Darbietung. Ich hätte es mir nie träumen lassen, großformatige Bilder meines Vaters und meines Elternhauses in einer internationalen Ausstellung zu sehen und mein Vater schon gar nicht. Wie ich ihn kannte hätte er stolz anerkennende Worte gefunden und Kirsten Tiedemann für ihren Beitrag zur Kaisenhausbewegung im Ausstellungskatalog gelobt.

Vor Ort in Bremen gibt es allerdings nach wie vor auch eine **weniger rühmliche Seite in Sachen Kaisenhäuser**. Es gibt zum Beispiel verlassene Kaisenhäuser, um die sich niemand kümmert und die inmitten der grünen Oasen in Kleingartengebieten ein regelrechter Schandfleck sind und notwendig gewordene Abrisse sind nach wie vor ein Streitpunkt. Die Stadt Bremen hat inzwischen zugesagt, Abrisskosten zu übernehmen, aber in Zeiten leerer Haushaltskassen ist das wohl schwer durchzusetzen.

Ich hätte mir gewünscht, dass früher gehandelt worden wäre, bevor in mühsamer Arbeit erbaute Unterkünfte im Grünen verfallen. Soweit ich informiert bin, gab und gibt es viele kreative Ideen zur alternativen Nutzung, aber die kosten Geld. **Nach wie vor gibt es viel zu tun!**

Ich freue mich, dass die Historikerin und Hobbygärtnerin Kirsten Tiedemann sich stark macht für Bremens Kaisenhaus- und Gartenbewohner, aktiv zukunftsorientierte Projekte durchführt und anstrebt und Interessierte online über ihren Blog „Gärtnern in Bremen" auf dem Laufenden hält. An dieser Stelle möchte ich mich für ihr Engagement und die wohltuende Zusammenarbeit bedanken.

Mein besonderer Dank gilt meinem Ehemann Franz Wenzl ohne dessen Unterstützung es kaum zur Veröffentlichung der „Roten Kulissen" gekommen wäre.

Mögen die Aufzeichnungen von Wilhelm von Hörsten den einen oder anderen interessierten Leser oder Leserin finden und auch seinen Enkelkindern, die ihren Großvater nicht mehr kennenlernen konnten sowie inzwischen auch seinen Urenkelkindern, seine aufrechte und gradlinige, politisch aktive Haltung näherbringen. Eine Haltung, die gerade in unserer heutigen Zeit wieder so wichtig ist.

Ulrike von Hörsten-Wenzl
Scheeßel, im April 2020